아빠의 노트

White Wave

평생을 내 사랑하는 아내이자

아이들의 헌신적인 엄마가 되어 준

이재만 여사에게 이 책을 바칩니다.

내 인생의 북킷리스트

아빠의 노트

김진식 지음
김미란 엮음

읽고, 생각하고, 사랑하라

White Wave

나는 50을 바라보는 나이임에도 굳이 아빠라는 호칭을 쓴다.

철이 들면서부터 아버지라고 불러야 함을 교육받고 스스로도 그게 맞는 것 같다고 생각은 하면서도 굳이 부러 아빠라고 부르기를 고집해 왔다.

왠지 딸인 나만이 부를 수 있는 호칭인 것 같기도 하고 험난했던 청소년기를 지나면서 다소 멀어진 듯한 우리 둘 사이가 '아빠'라는 단어로 조금이라도 더 친근하게 느껴지길 바라는 마음 때문이었을까?

아니면 내 안에 남아 있는 어린아이가 그 앞에서만은 영원히 어리광 부리고 떼를 써도 되는 '아이'로 남고 싶었던 것일까.

'아빠의 노트'를 엮어 내는 이 순간에도 나는 아빠에 대해서 기억하는 것이 많지 않다는 사실에 새삼 놀라고 있다.

대부분의 우리 아버지 세대가 그러하듯 그의 일생은 전쟁 직후의 후진국에서 태어나 중진국으로 성장하는 시기에 성실함으로 일생을 바치고 선진국의 반열에서 태어난 자식들과 세대 간의 갈등을 겪으며 살아 내셨다.

노력은 가장 많이 했으나 보상도 누림도 즐김도 내 것이 아니라 여기며 좋은 것은 다음 세대로 물려주기를 서슴지 않으셨던 인생이 당연했던 우리 아빠.

끼니 걱정이 앞서 가족 간의 소통을 고민하는 것조차 사치였던 시대에 일생을 올곧게 정직하게 성실하게 살아 내야 했기에 더 완고하고 고집스러웠던 그 모습에 자식들은 강인해 보이는 아빠보다는 연약하고 정 많은 엄마를 더 안타까워하고 안쓰러워했던 것 같다.

먼 옛날 사춘기의 딸은 엄마의 눈물 어린 손길 마저도 아빠의 융통성 없는 엄격함에도 반항하고 대들고 원망을 쏟아 냈었다. 지금은 이유도 과정도 잘 기억나지 않는 기억의 조각이다.

그때의 나는 왜 그랬을까?

올해로 20년.

아빠가 신부전증 진단을 받은 이후로 투석을 해 오신 햇수이다.

아프셨지만 투병 초기엔 공인중개사 자격증도 따시고 매일 식사 시간을 제외하고는 독서와 메모에 열중하시더니 요즘엔 그마저도 기력이 쇠하신 듯하다.

그래도 아직 직접 운전해서 병원도 다니시고 손주 픽업도 다니시니 다행이라고 해야 할까.

이 노트는 매일 손에서 책을 놓지 않으시던 시절에 한 권 한 권 라벨을 붙이시며 읽고 메모하시던 아빠의 손때 묻은 노트에서 발췌한 글들이다.

아빠의 노트는 화려한 미사여구나 전문가적인 어휘들도 없고 때로는 문맥이나 문장 구조가 의식의 흐름대로 나열되어 있어 개연성이 떨어질 때도 있다.

다소 투박하더라도 노트에 있는 그대로 엮어 내려 했음은 그 투박함 속에 담긴 메시지가 그 어떤 문학 작품보다 소중한 아빠의 진심이며 아빠만의 애정 표현 이라는 것을 이제는 알기 때문이다.

내가 부모가 되고 한 해 한 해 살아 낼수록 부모의 자리가 더 크게 느껴지는 것은 내 삶 속에서 그의 삶이 비교되어지고 반추되어지기 때문인 듯하다.

꼴통이었던 내 10대와 바쁘다는 핑계로 놓쳐 버린 내 20대 30대를 지나 늘 함께했으나 함께하는지 몰랐던 그 시절의 아빠에게 미안하다고 전하고 싶다.

그리고 50을 바라보는 지금도 변함없이 내 옆에 있어 주셔서 고맙다고, 아빠가 내 아빠여서 너무 행복했다고, 태어나서 첫 숨을 들이쉬던 순간부터 지금까지 한순간도 사랑하지 않은 적이 없다고 꼭 말해 드리고 싶다.

|차례|

3부 꿈을 향한 여정에 타협은 없다

4부 고난은 누구에게나 온다

1부

마음을
비우면
보이는 것들

첫 번째 노트

마음을 비우면 보이는 것들

『물소리 바람 소리』는 법정 스님의 전집 제3권이다. 삶의 기쁨을 찾아가는 과정에서 방법이나 이론은 크게 필요치 않다. 스스로의 질서에 몰입하는 과정에서 느낄 수 있는 정신은 치열한 경쟁에서 살아남아야 하는 우리 세상에 가장 필요한 덕목일 것이다. 나를 완성해 가는 과정에서 습관은 무엇보다 중요하다. 습관이란, 제2의 천성이라는 말이 있듯이 길들이기 나름이다. 하루하루를 잘못 익히다 보면 마침내 자기 자신도 주체할 수 없을 정도로 타성의 수렁에서 허우적거리게 된다.

나의 이것을 이렇게 정리하고 싶다. '습관'은 익힐 습(習), 익숙할 관(慣) 자를 써서 글자 그대로 풀어 평소에 익힌 것이 관례가 되었다는 것이다. '버릇'은 버려야 할 그릇된 행동의 줄인 말로 생각되며, 이 두 말을 비교해 보면 습관보다는 상대적으로 버릇이 좋지 않은 행동으로 정리하고 싶다. 몸에 배인 습관과 버릇은 언행으로 쉽게 드러나는 법이다. 군사 독재 시절 옳은 말을 하던 사람들은 갖은 고초를 겪었었다. 말과 이야기가 자유롭지 않은 시기였다. 법정 스님 또한 그 시대의 지식인들처럼 사회의 불신과 부도덕한 정치에 대한 비판을 신랄하게 이어나갔다는 것을 책을 통해 알게 됐다. 사회의 아픔을 담고 있는 이 책을 보며 평소에 생각하던 '이야기'와 '말'과 '소리'는 어떻게 다른 것인지를 정리해 두고자 한다.

사전에 따르면

이야기는 남이 모르는 일을 사실처럼 꾸미어 재미있게 늘어놓은 말이고 말〔語〕은 사람의 생각을 목구멍을 통하여 조직적으로 나타내는 소리 등으로 정의한다. 소리〔音〕는 물체의 진동에 의하여 일어나는 음파가 귀청을 울리어 일어나는 청각 등 여러 가지로 설명되어 있다.

나는 이렇게 생각을 정리한다.

'이야기'는 이로울 이(利) 자와 이끌 야(惹) 자와 일어날 기(起) 자를 쓰면 이롭게 이끌어 준다는 것이 된다. 이렇게 보면 옛날 할아버지 할머니가 우리를 무릎에 앉혀 놓고 있지도 않은 일을 그럴듯하게 꾸미어 우리의 미래에 도움이 될 말로 들려주었던 것이 바로 이야기인 것이다.

'말'은 우선 한글의 모양새로 풀어 본다. ㅁ(네모=입 모양)과 ㅏ(아=밖으로 나가는 모양)와 ㄹ(ㄹ=굽은 모양)이 합해진 것이라고 보면 '말'이란 입 밖으로 나가며 구부러진다는 것이 아닌가? 세종대왕께서 한글을 참으로 잘 만들었다는 생각이 든다.

내 생각으로 말이란 것은 상대방이 알아들었을 때(즉 의사가 전달되었을 때) 말이 되고, 상대방이 알아듣지 못하면 말이 아니라 소리인 것이다.

소리〔音〕는 말이 아닌 것이다. "무슨 소리!", "되지도 않은 소리!", "헛소리" 등의 표현을 미루어 보아 이 생각이 맞는 것 같다. 입으로 한다고 모두 말은 아니다. 상대방이 이해하고 따라주고 말한 사람의 깊은 생각과 실천이 따를 때 말이 되고 소리가 아닌 것이다. 이러고 보니 다시 한 번 더 입을 다물고 싶어진다.

법정 스님께서 세상에 던진 많은 이야기와 말들이 소리가 되지 않고 어려운 시기를 넘어 활자에 담기게 되어 다행이라는 생각이다. 스님처럼 언제나 곧고 맑은 정신을 유지하기 위해서는 먹는 것 또한 중요하다는 것을 알아야 한다. 사람이 어떤 음식을 먹느냐 하는 문제는 어떤 마음을 가지느냐 하는 문제와 직결된다. 일반적으로 육식동물은 포악하고 초식동물은 온순하다. 이렇게 보면 육식을 즐기는 사람은 탁하고 불투명한 사람이 많고 채식을 즐기는 사람은 맑고 투명한 사람이 많다. 그래서 옛날 선비들이 초목근피(草根木皮)로 연명함을 부끄러워하지 않고 도(道)로 알았던 것인가 싶어 그들의 청렴과 검소한 생활에

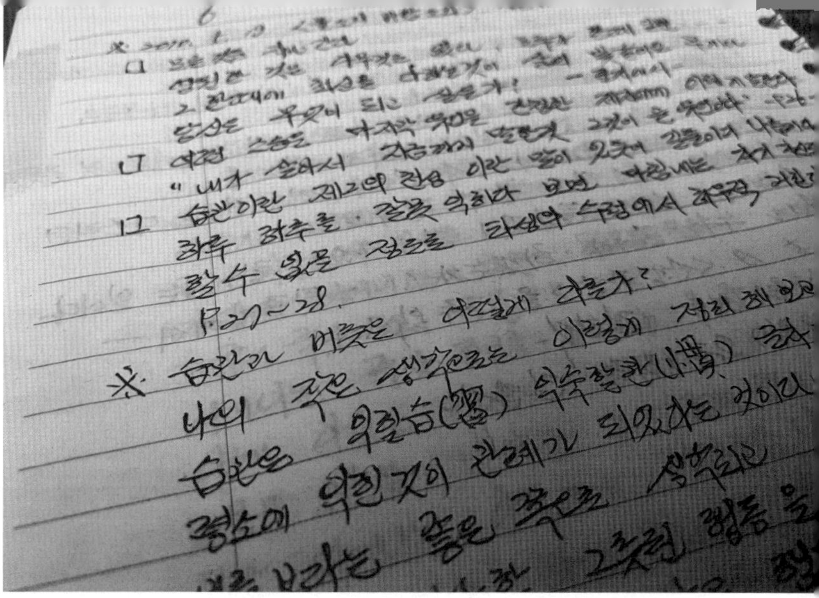

다시 한 번 경이로운 마음이 일어난다. 내가 경험한 바로도 공부(검정고시, 임용, 승진 시험)할 때는 육식보다는 채식을 할 때 머리가 맑아지고 공부에 도움이 되었다. 육식은 신체의 영양 공급 면에는 어떤지 모르겠지만 정신을 맑게 하는 데는 채식만 못한 것 같았다. 맑은 정신을 유지하고 싶을 때는 채식을 하는 것도 한 가지 방법일 것이다. 속을 온순하게 다스려 맑게 하는 것이다. 또한 마음을 다스리는 것에 소홀해서는 안 된다. 세상이 지옥처럼 느껴지는 것은 이미 내 마음이 지옥에 가깝기 때문이다. 삶을 풍성하거나 가난하게 하는 것은 물질이 아닌 마음의 문제이다. 풀지 못한 스트레스와 화는 몸과 마음에 모두 악영향을 미친다. 나는 어릴 적부터 어떤 일이 내 마음대로 되지 않거나 몹시 화가 날 때면 뒷마당에 가서 도끼로 장작을 팼다. 말이 말로서 이해되지 아니할 때는 입을 다물고 통나무 장작을 팼다. 통나무 정중앙이 쩍쩍 갈라지는 것을 바라보며 마음을 비워냈다. 빗나감이나 튕겨 남 없이 한 번에 통나무가 갈라지며 새로 태어나는 풍경 속에서 생기는 에너지와 쾌감이 얼마나 큰지 실감하게 되었다. 이렇게 한참을 하고 나면 속이 시원하고 성도 저절로 풀렸다. 새로운 풍경을 보게 된 것이다. 그리고 지금의 나에게 새로운 풍경은 나의 아들딸이다. 아이가 빨리 자라는 만큼 부모도 빨리 늙는 것임을 이제야 느끼고 있다. 우리가 어릴 적에 어른들은 아이들을 보고 "콩나물 크듯 빨리 큰다."라고 말씀하셨다, 콩나물은 생콩을 발아 시켜 먹을 수 있도록 키우는데 약 20일 정도가 걸린다. 그 당시 어른들은 20일도 잠깐이요 빨랐던 것이다. 그만큼 기다릴 줄 아는 세대였다. 그런데 요즈음은 무엇이든 "즉각 대령"해야 할 정도로 조급해진 것이다. 콩나물뿐 아니라 돈만 있다면 모든 것을 마트에 가서 바로 살 수 있기 때문이다.

친구와 만나기로 약속을 해 보라! 약속 시간 10분 전이면 벌써 휴대 전화로 "어디야?" 하고 몇 번은 전화가 올 것이다. 급해도 너무 급해졌고 편해도 너무 편해졌다. 기다릴 줄 알고 노력할 줄 알아야 한다. 한 방울 한 방울 떨어지는 낙숫물이 돌을 뚫는다. 한 개의 물방울은 보잘것없는 미미한 것이지만 물방울이 모여서 강물을 이루고 바다를 이룬다.

두 번째 노트

몸과 마음이 유연한 삶을 생각하다

법정 스님의 전집 제4권 『텅 빈 충만』도 나에게 많은 깨달음을 주었다. 간디는 이렇게 말했다. "먼저 생각하라. 그런 다음 말하라. '이제 그만'이라는 소리를 듣기 전에 그쳐라. 사람이 짐승보다 우월한 것은 말하는 능력을 지녔기 때문이다. 그러나 이런 능력을 부당하게 행사하는 것을 서슴지 않는다면 그 사람은 짐승만 못하다."

앞서 밝혔듯 말과 이야기와 소리가 다르듯 말이 앞서게 되면 소리에 가까워지게 되는 것임을 다시 한 번 자각하게 됐다. 법정 스님은 빈방에 홀로 있으면 모든 것이 충분하다고 했다. 텅 비어 있기 때문에 오히려 가득 차다고 했다. 어떤 말도 소리도 이야기도 없는 공간에 우두커니 홀로 있으며 비어 있음으로 차오르는 것이 무엇인지 생각해 보았지만 쉽게 가늠되지 않았다.

영적인 것이 아니라면 그것은 '무소유'로 대변되는 법정 스님의 철학적 사유에 대해 생각해 봐야 했다. '무소유'는 아무것도 가지지 않았다는 것이 아니라 '무(無)'를 가졌다는 말인지도 모른다. 무(無)로 가득 찬 법정 스님의 내면이 이 책의 제목 『텅 빈 충만』을 대변하지 않았나 싶다. 어떤 좋은 말도 자연만 못하다는 스님의 말씀에 절로 고개가 끄덕여졌다.

빛과 어둠, 삶과 죽음, 선과 악 등등…… 세상의 양면성과 이분법적인 모습이 극단적이라고 느껴지던 때가 있었다. "중간만 하라."는 세간의 말은 어느 순간에나 중립적인 사고를 유지하라는 의미이거나 한쪽으로 치우지지 말라는 의미로 다가오기도 했다. 생각해 보면 우리 인간은 언제나 '중간' 혹은 '중심'을 잡으려 하는 존재이다. 절대 선도 악도 아니며 절대 악도 절대 선도 될 수 있는 존재이기 때문이다. 삶이 힘겨운 이유는 그곳에 있다. 정의로운 악당이 되어야만 살아갈 수 있는 세상이기 때문이다. 자신의 이득을 위해 이기적이기만 해서도 안 되며 타인을 위해 이타적으로만 살 수 없는 것이 우리의 세상이다. 모든 순간에 적절히 대처하기 위한 '유연성'을 길러야 한다. 그런 의미에서 경험은 정말 중요하다. 보고 듣는 것 이상으로 자신이 직접 부딪치며 느낀 감정과 경험은 그 밀도가 다르다.

법정 스님의 말씀 중에 기억에 남는 것이 있다. "때가 지나도 떨어질 줄 모르고 매달려 있는 잎은 보기가 민망스럽다. 때

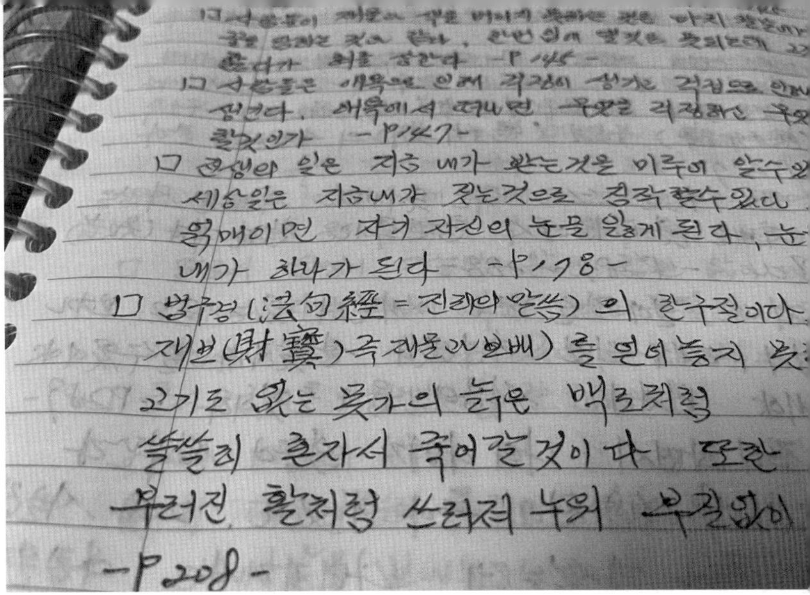
고기도 없는 못가의 늙은 백로처럼
쓸쓸히 혼자서 죽어갈 것이다 또한
-P.208-

가 되면 미련 없이 산뜻하게 질 수 있어야 한다." 겨울이 지나야 봄이 오고 우리 세대가 떠나야 다음 세대가 새로운 시대를 열어 갈 수 있기 때문이다.

법정 스님의 말씀을 떠올리며 아버지의 임종이 동시에 생각났다.

나의 아버지는 약 25년 전에 돌아가셨다. 시골집에서 아침에 돌아가셨는데 아버지께서는 아침 일찍 평소와 같이 일어나셔서 작은방 쇠죽솥에 아침 소죽을 끓여 놓고 대청 뜰 계단을 오르시다가 못 일어나셨다. 큰방으로 동생이 급히 옮긴 후 병원에 연락할 여유도 없이 돌아가셨다. 지금 생각하면 이것이 평소 아버지 생각이시고 정신세계였는가 싶어 나는 아버지가 부러웠다. 나도 어느 날 이렇게 산뜻하게 세상을 떠날 수 있을까? 제발 나도 아버지와 같이 산뜻하고 깨끗하게 떠나길 바란다. 그야말로 목욕 수건 하나 어깨에 걸치고 냇가로 목욕 가듯 떠날 수 있기를 거듭거듭 빌어 본다.

세 번째 노트

돈은 사람을 따르지 않는다

미래 학자 앨빈 토플러의 『부의 미래』는 인간의 욕망이 향하는 방향이 어디인가에 대한 이야기를 하고 있다. 부와 돈은 동의어가 아니라는 견해에서 시작하는 이 책은 인간이 가진 욕망의 크기와 갈망을 무엇이 만족시킬 수 있는지 고민하게 한다. 비웃음과 조롱을 받던 라이트 형제의 일화를 예로 들어 불가능할 것 같은 일들이 실현되었을 때 그 폭발적인 파급력은 이루 말할 수 없다. 혁신은 수많은 실패와 좌절을 담보로 하며 인류의 번영에 큰 영향을 미쳤다. 그리고 그 혁신은 인간의 욕망과 비례한다는 점을 앨빈 토플러는 다양한 상황을 예로 들고 있다. 채집과 유목 사냥을 하던 시기부터 농업 문명 시기를 제1물결, 대량 생산 대량 교육 대중 매체와 대중문화가 부의 창출이 되던 시기를 제2물결 그리고 현재 우리가 사는 시기를 제3물결 지식 산업 시대로 나누고 있다. 시대의 흐름을 변화시키거나 제일 빠르게 선도하는 단체는 기업이나 사업체들이다. 그들은 누구보다 인간 본연의 욕망 충족을 가장 발 빠르게 캐치하여 적용시킨다. 시민 단체, 가족 제도, 노동조합, 관료 조직과 국가 기관, 학교, 유엔과 같은 국제기구, 정치 기구가 변화에 반응하는 순서이며 가장 느리게 변화하는 것은 법이라고 할 수 있다.

현대 사회에서 부의 독점은 양극화를 점점 가중시킨다. 세계은행 조사에 따르면 전 세계 인구 중 절반에 가까운 30억 명이 하루에 2달러 미만으로 생활하고 있다고 하며 이들 중 11억 명은 하루 생계비가 1달러로 절대 빈곤층이라고 한다.

사랑하는 나의 아들딸들에게 나는 이런 말을 해 주고 싶다.

이런 현실 세계를 볼 때 나는 너희가 언제나 긍정적이고 진취적인 생각으로 생을 살아 주기를 바란다. 너희에게 권하고 싶은 생활 방식이 있다면 이렇게 권하고 싶다.

첫째: 근검절약하라!

너희가 여태까지 나를 보듯이 어려울 때마다 내가 어떻게 절약하며 살아왔는지, 또 무슨 생각을 하며 살아왔는지를 곰곰이 생각해 보아라. 한때 우리나라가 IMF 구제 금융을 받을 때 우리 집에 전화를 끊고 아파트 공중전화를 쓰라고 한 적이 있었지. 그때 너희는 나에게 "너무하다, 대한민국에서 집에 전화

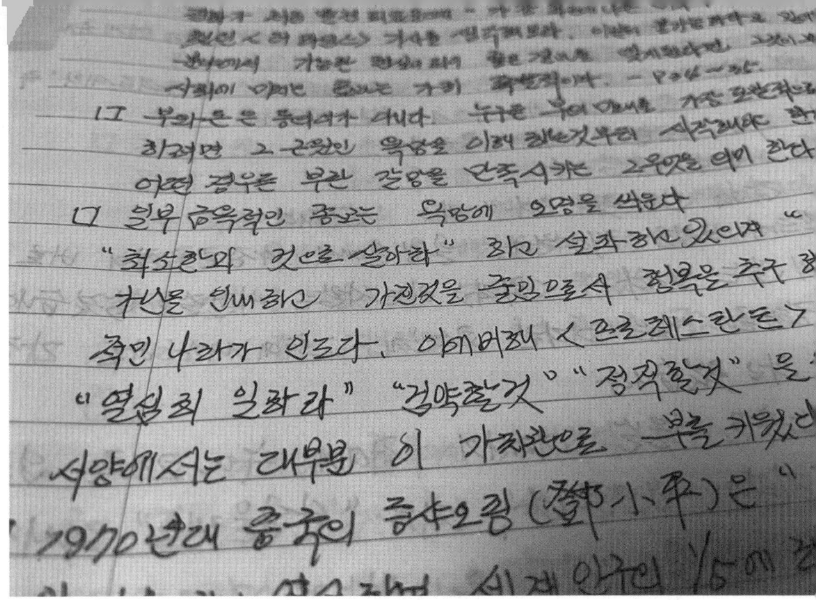

없는 집은 우리 집뿐이다."라며 서운해 했었지…… 그러나 그 때 나는 "이보다 어려운 집이 훨씬 더 많다며 너희들을 달랬었다……."

둘째: 빌려서 살지 말아라!

빌려서 살아 버릇 하면 항상 빚에서 헤어나지 못한다. 나는 수차례 나 스스로에게 다짐하는데 너희들에게 물질적이든 마음적이든 간에 빚은 남기지 않을 것이다. 지금 이 순간 내가 세상을 떠난다 해도 아무 미련 없이 그야말로 수건 하나 어깨에 걸치고 냇가에 목욕 가듯 떠나고 싶다. 자동차를 할부로 사는 사람은 그 할부 빚에서 헤어나지 못하고, 카드를 쓰는 사람은 카드 빚에서 벗어나지 못한다. 같은 돈을 쓰면서 왜 이자 물고 대우 못 받는 소비를 해야하는 것인가? "지금 없다면 생길 때까지

굶든지 늦추어라!"

셋째: 현실에 부족하거나 못마땅한 것이 있다면 아무 말 없이 이루어 놓고 난 다음 표현해라!

사람은 어떤 일 어떤 때라도 부족하고 불만을 가지기로 하면 한이 없다. 결국 그 사람은 천국(극락)에서 살지라도 부족하고 불만이 있게 마련이다. 그러므로 언제나 부속하고 불만스러운 일이 생기거든 너희가 스스로 해결해 보아라! 뜻대로 잘 되지 않을 때도 있을 것이다. 그러면 오늘 나의 이 말뜻을 이해하게 될 것이다. 그때 바로 생각을 고쳐라! 그때도 늦지 않았으니까……. 문제가 생긴다면 그때까지도 못 고치는 것이 문제가 될 것이다.

이것이 나의 소비와 생활에 대한 기본 생각이다. 나의 아들딸들이 명심하길 바라본다.

달에는 '헬륨—3'이라는 원소가 풍부하다고 한다. 테네시대학의 행성지질연구소 소장인 로렌스 테일러는 헬륨—3이 중수소와 결합하면 엄청난 에너지를 발생시킨다며 우주왕복선으로 25톤가량을 수송할 수 있으며 이 양은 미국이 1년간 사용할 전력을 생산해 낼 수 있다고 했다. 이 부분에서 나는 선진국들이 왜 그렇게 많은 제정과 탐험가들을 희생시켜 가면서 달 탐험을 위해 애를 쓰는지 알 것 같았다. 미래의 부는 지구 너머 세계를 향할 것이다. 인간의 욕망은 서서히 지구를 벗어나려 하는 듯하다.

앨빈 토플러는 이 책을 이렇게 마무리했다. "모든 상황을 고려했을 때 이것도 한번 살아 볼 가치가 있는 환상적인 순간이다. 미지의 21세기로 들어온 것을 뜨거운 가슴으로 환영한다." 미래를 살아가는 모든 이들의 뜨거운 욕망이 이로운 방향으로 나아가길 바란다.

네 번째 노트

당신을 둘러싼 계급에 대하여

주변 환경은 삶을 살아가는 것에 있어 가장 중요한 요소 중 하나이다. 이것은 어쩌면 '계급'일지도 모른다. 어떤 가정과 국가에 태어나느냐는 우리가 선택할 수 있는 부분이 아니다. 그런 의미에서 내 주변 환경을 바꾼다는 것은 내 모든 걸 바꾸는 과정이라고도 볼 수 있다. 내가 나를 바꿀 수 있는 것 중에 가장 쉬운 것이 운동을 통해 탄탄한 몸을 만드는 것이라고 말한 어느 연예인의 말이 떠오른다. 『14살 세상 끝의 좌절, 23살 세상 속으로의 도전』의 저자는 최악의 환경에서 최고의 사람들을 만나며 스스로의 환경을 180도로 바꾼 이야기를 담고 있다. '노력'이라는 두 글자가 이처럼 가볍게 느껴지는 것은 오랜만이다. 난관을 극복하는 많은 사람들의 이야기를 알고 있지만 우리가 그들의 삶을 흉내조차 낼 수 없는 것은 노력의 시도조차 하지 않기 때문일 것이다.

최고의 재능은 '노력'할 수 있는 의지와 끈기를 가지는 삶의 자세다. 벼룩은 자신의 크기보다 100배나 더 뛰어오를 수 있지만 작은 병 안에 가둬 두면 계속 병뚜껑에 부딪치다 병뚜껑이 사라지게 되어도 병뚜껑 위를 넘어 뛰어오르지 않게 된다. 우리의 삶도 이와 다르지 않다. 우리 앞을 가로막고 있는 환경이나 제약에 계속 부딪치다 보면 자신의 한계를 재단하게 된다. 무언가를 쟁취하기 위해 스스로의 한계를 정하지 말아야 하며 운명을 원망하고 열등감 속에 살아서도 안 된다. 숨 쉬는 것처럼 습관적으로 삶을 사는 타성에 젖어서도 안 되며 끝없이 자신이 원하는 것에 대해 열망하며 갈구해야 하는 것인데 이것은 엄청난 정신적 에너지를 필요로 한다.

성장이라는 것은 위기와 난관을 극복해야 가능한 것인데 대다수가 도전하는 용기를 가지는 것도 어려워한다. 인생은 물음표가 아니라 느낌표로 가득해야 한다. 할 수 있을까?가 아니라 할 수 있다!는 의지로 충만해야 한다. 『14살 세상 끝의 좌절, 23살 세상 속으로의 도전』의 저자 심현주는 간절한 느낌표로 가득한 사람이었다. 내가 가진 것보다 내가 해야 하는 일을 생각하는 사람이었다. 스키 선수들은 장애물을 피하면서 내려올 때 장애물을 보지 않고 장애물 사이의 길을 본다고 한다. 장애물을 인식하는 순간 우리의 뇌는 장애물을 의식하게 되어 장애물을 피하기 어렵게 한다고 한다. 심현주는 내 주변의 장애물보다 장애물 사이의 좁은 길만을 보고 걸어온 사람이다. 마인드가 중요한 이유가 바로 여기에 있다. 부정적인 사고는 어떤 순간에도 좋은 결과를 가져오지 못한다. 심현주는 단칸방에서 식구들과 몸을 붙여 자야 했으며 수시로 집으로 빚쟁이들이 찾아왔다. 학교에서는 친구들의 따돌림이 이어졌고 열네 살의 나이로 자퇴를 한 심현주는 우연한 계기로 영어 공부를 시작하게 되었다. 학원과 과외 없이 토익 985점을 획득하고 1년 만에 중졸, 고졸 검정고시에 합격하여 또래보다 1년 빨리 대학에 진학할 수 있었다. 이후 심현주는 피나는 노력으로 유엔 청소년 대표, 풀브라이트 장학생 선정, 대한민국 인재상을 수상하였고 23살에 『14살 세상 끝의 좌절, 23살 세상 속으로의 도전』을 집필하게 되었다. 나이를 불문하고 자신의 꿈을 이룬 사람들의 이야기는 경이롭게 다가온다. 그들이 걸어온 길은 두려운 미래와 힘겨운 오늘과 싸워 이겨 낸 순간들이다. 소설가이자 시인인 로버트 루이스 스티븐슨은 "당신이 오늘 무엇을 거두었느냐?가 아니라, 무엇을 심었는가."로 자신을 평가하라고 했다. 과거에 대해서는 감사한 마음을 가져야 하며 미래에 대해서는 용기를 가져야 할 것이다.(닥 함마슐더)

어떤 분야에서 1% 안에 들고 싶다면 나의 조건이 어찌 되었

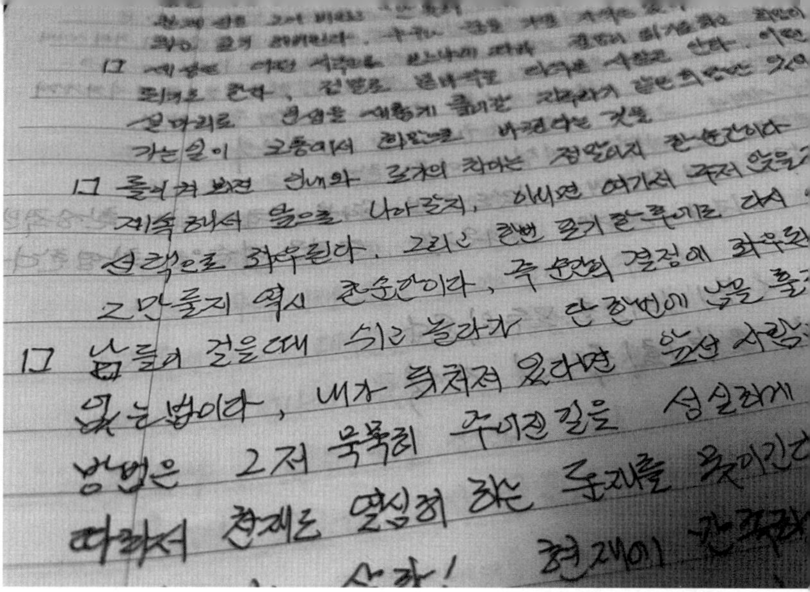

든 절대 포기하지 말아야 하는 것을 강조하고 싶다. 작심삼일이라고 하는 말이 괜히 생긴 것은 아니라고 생각한다. 나의 경쟁자가 100명이 있다고 한다면 그중에 20여 명은 시작도 하지 않는 사람일 것이며 나머지 20여 명은 도전을 시작하고 3일을 넘기기도 쉽지 않을 것이다. 3일이 30일이 되고 3년 혹은 더 먼 미래가 될지언정 변화의 눈덩이를 굴리는 것을 멈추지 말아야 한다. 계속해서 앞으로 나아가야 한다.

이 책을 통해 많은 교훈을 얻었다. 나름대로 삶을 살면서 고생도 많이 하고 노력도 하여 성공했다며 자만하고 있었구나 하는 사실을 알게 되었다.

나는 중학교를 졸업하고 월남전 전쟁터와 탄광 막장에서 탄을 캐며 생사도 걸어 보았고 경찰관 공개 채용 시험에 두 번 합격하는 한편 승진 시험도 별 어려움 없이 통과하여 노력으로 성공한 '나'인 줄 알았다. 하지만 이것이 자만이었구나 하는 것을 깨닫게 되었다.

어린 나이에 어쩌면 이렇게 목표가 있고 생각이 진취적인지 책을 읽는 내내 놀라웠다. 감사와 노력을 아는 사람이라는 점에서 배울 것이 많았다. 이 책이 과연 23세 소녀의 경험과 생각이 맞는가 싶을 정도이다. 여기에다 내가 나를 비추어 보면 한층 더 부끄러워진다.

다섯 번째 노트

아버지는 아이들의 지침서와 같다

미국인들이 가장 사랑하는 도서 중 하나로 꼽히는 『살며 사랑하며 배우며』의 저자 레오 버스카글리아는 20년 가까이 교육학 교수로 재직하다 아끼던 제자가 자살하는 사건을 계기로 교직을 내려놓고 '러브 클래스'라는 사회 교육 기관을 운영하기 시작했다고 한다. 행복한 삶을 찾고 진정한 사랑과 인간관계를 아름답게 만드는 방법에 대한 통찰을 담은 여러 저서를 남긴 레오 버스카글리아의 저서 중에 나는 『아버지라는 이름의 큰 나무』라는 저서가 오래 기억에 남는다. 아버지의 파산으로 어려운 유년 시절을 보낸 레오 버스카글리아의 어머니는 "언제까지나 밤이 계속 되는 것은 아니다. 아무리 깊은 한밤중이라도 곧 새벽은 오기에 어둠도 사랑할 줄 알아야 한다."고 어린 레오 버스카글리아에게 말했다고 한다. 어머니의 저 말을 오래 간직해서

였을까. 레오 버스카글리아가 심장병으로 숨을 거두고 다음 날 타자기에서 찍힌 글이 발견되었는데 "불행 속에서 흘려보낸 모든 순간은 바로 잃어버린 행복의 순간이다."라는 글귀였다. 인생의 절망과 불행까지도 사랑해야 한다는 레오 버스카글리아의 철학은 어머니뿐만 아니라 아버지에게서도 지대한 영향을 받았다는 것을 『아버지라는 이름의 큰 나무』를 읽으며 알게 되었다. 아버지가 자식에게 미치는 영향이 얼마나 지대한지 말하는 이 책은 지식과 지혜가 다르다는 것을 강조한다. 지식을 전달하는 학교는 아무리 훌륭하더라도 세상을 살아가는 올바른 이치를 가르치지 못하지만 레오 버스카글리아는 삶을 살아가는 데 필요한 지혜를 아버지에게서 배웠다고 말했다. 어린 시절 아버지와 어떤 관계였는지가 그 사람이 사회에서 맺는 인간관계에 큰 영향을 미친다며 어린아이의 눈으로 볼 수 없는 세상이 존재한다는 것을 어른이 되면서 알게 되었다고 고백하기도 했다. 아버지가 자식에게 남겨 줄 수 있는 가장 위대한 유산은 재물이 아니라 모범이 될 수 있을 만한 교훈을 심어 주는 것이다. 사물을 있는 그대로 받아들이는 어린아이에게 아버지는 삶의 표본 그 자체가 되는 것이다. 일상의 행동과 마음가짐이 자식에게 그대로 전달되어 자식 또한 자연스레 아버지가 걸었던 삶의 발자국을 따르게 되는 것이다. 이러한 이유로 "아이에게 아버지가 있는 것이 좋은 것과 마찬가지로 남자로서 아버지가 되는 것도 좋은 일이다."라고 말한 레오 버스카글리아의 의견에 전적으로 동

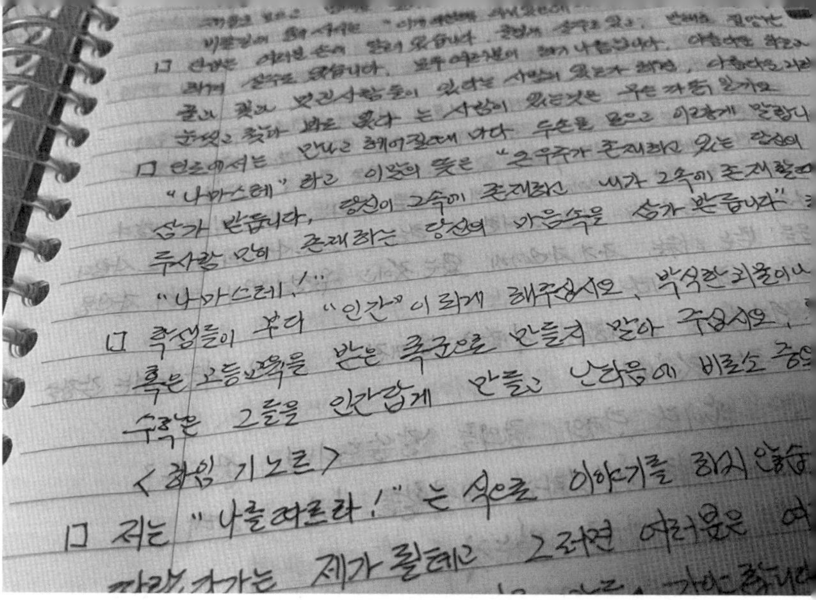

의하는 바이다. 어떤 아버지가 자식에게 악영향을 미치길 바라겠는가. 아버지가 되는 순간 남자는 한 번 진화하는 계기가 된다고 생각한다. 자식을 통해 얻는 기쁨과 행복이 바로 책임감으로 이어지기 때문이다. 아버지는 절대 무너질 수 없는 단단한 나무가 되어 가족이 지탱할 수 있는 뿌리와 쉬어 갈 수 있는 그늘이 되어야 한다. 생명이 어떤 것인지 알게 되려면 스스로 무언가를 키워 봐야만 한다. 생명이 주는 무게감과 기쁨은 비례하기 때문이다.

가난하여 자식들에게 물질적 풍요는 누리게 해 줄 수 없지만 '사랑에는 돈이 들지 않는다.'는 것을 기억했으면 좋겠다. 누군가를 사랑하는 마음은 쉽게 숨겨지지도 숨길 수도 없는 것이다.

진심을 느껴 본 사람은 그것이 얼마나 마음을 가득 채우게 되는 것인지 알 것이다. 자식들의 마음에 아버지의 사랑이 가득하게 된다면 그 자식 또한 진심으로 자신의 자식에게 사랑을 전하려 할 것이다. '세상에 아버지가 없는 아이는 없다.' 아이에게 정말 필요한 것은 지식이 아닌 지혜이며 아이가 지혜를 필요로 하는 순간이 찾아올 때 아버지를 떠올리게 되는 순간이 찾아오기를 바랄 뿐이다. 삶을 진심으로 살아간다면 이것은 어려운 일이 아닐 것이라 생각한다. 아버지는 아이들의 지침서와 같다. "아버지가 집에서 아이들에게 해 주는 말은 언젠가 세상에 드러나고 후세에 전해진다."는 말을 기억했으면 좋겠다.

솔직히 나는 이 책의 아버지처럼 자식들에게 자상하지 못했다. 미안하다. 레오 버스카글리아의 『아버지라는 이름의 큰 나무』를 통해 내가 나의 아버지를 떠올렸듯 자상하진 못했지만 나의 아들딸이 내가 세상을 떠난 후라도 나를 떠올리게 될 날이 찾아오길 바라본다.

여섯 번째 노트

실천하는 사랑의 의미

사고가 확장된다는 것은 한 사람의 세계가 넓어지고 있다는 것을 의미한다. 신영복의 『감옥으로부터의 사색』을 읽으며 몸은 가둬 두어도 사고(思考)는 가둘 수 없는 것이 신체 구속의 한계라는 것을 깨닫게 되었다. 이 책의 저자는 1941년 경남 밀양 출신으로 서울대 및 서울대 대학원 경제학과를 졸업하고 숙명여대와 육군사관학교 경제학과 교수를 지내다가 '통일혁명당 사건'으로 징역 20년을 복역한 후 사면 복권되어 성공회대학교 교수로 재직한 사람이다. 사람이 구획된 장소에서 신체적 활동을 제약받으며 생활하게 되면 많은 사색을 하게 될 것이고 그것이 사상을 이유로 한 옥살이의 경우라면 더 할 것이라는 생각이 들었다. 신영복은 독서란 타인의 사고를 반복함에 그칠 것이 아니라 생각 거리를 얻는다는 데 참뜻이 있다고 했다. 책 속에 녹아 있는 그의 사고를 따라가다 보면 세상은 관조의 대상이 아니라 실천의 대상이라는 것을 알 수 있다. 실천되지 않는 철학과 사상은 아무런 힘이 발휘되지 않기 때문이다. 그런 맥락에서 사랑 또한 서로의 생활을 통해 익어 가듯 실천되어야 의미가 있는 것이다. 신영복은 부모지년 불가부지(父母之年 不可不), 일즉희 일즉구(一則喜 一則懼) 부모의 나이는 기쁨이면서도 두려운 것이라고 하기도 했다. 가족에 대해 생각하다 오늘은 문득 이런 생각이 나면서 새벽잠에서 깨어났다. 내가 40여 년 전에 우리 집의 가난을 해결하고 부모님과 형제들을 편하게 살 수 있도록 하기 위해 "나 하나 희생한다."는 각오로 월남전에 참전하고 탄광의 막장일을 자청하였다. 경찰관 채용 시험에 합격하고도 졸업장이 없어 임용되지 못하여 낙심하면서 "이것이 내 생의 한계인가?" 하고 때로는 막다른 골목까지도 생각하며 절망에 놓여 있기도 했다. 그때 내가 죽었다면 지금쯤 나의 부모님과 형제들은 현재에 와서 어떤 모습으로 어떤 삶을 살고 있을까? 40년이라는 세월은 모든 것을 삼키고 한순간의 이야깃거리로 남겨 둔 채 나의 뜻은 잊히고 모두가 웃으며 행복하게 살고 있을지도 모른다. 그러나 나의 형제들은 잊을지 몰라도 나의 부모님은 잊지 못하시고 부모님 가슴속의 한으로 남았으리라. 그때 살아 돌아왔음이 그리고 그 길을 헤쳐 나왔음이 그래도 나로서는 부모님께 효도한 것이라 생각하며 나와 내 부모님 형제를 위로해 보았다. 커다란 슬픔을 이겨 내기 위해 그만큼의 기쁨이 필요한 것

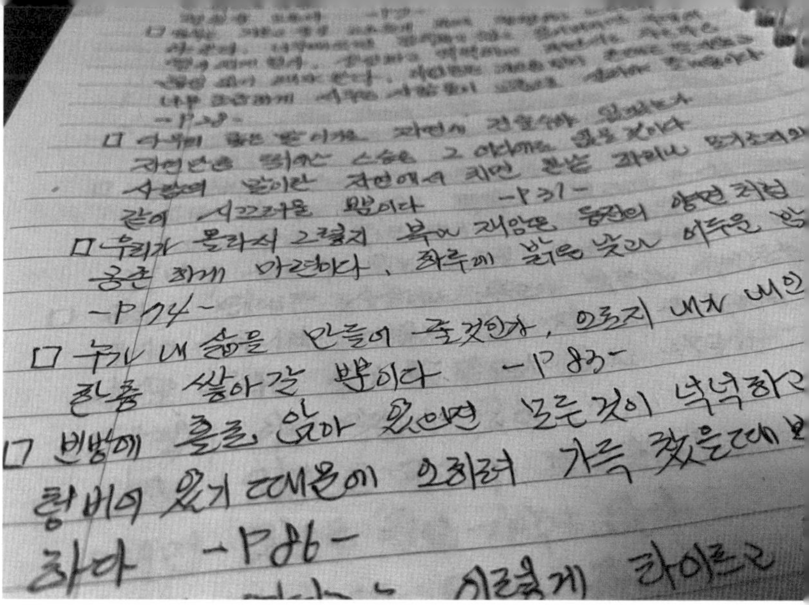

은 아니다. 작은 기쁨을 함께 나눌 수 있는 가족이 있어 커다란 슬픔을 털어 내며 지금까지 살아올 수 있었다.

사람은 부모보다 시대를 닮는다는 말이 있다. 이 말을 달리 생각해 보면 자식은 부모를 닮지만 사람은 시대를 닮는 말인 것 같다. 그렇다면 모든 사람은 시류에 편승하도록 되어 있다는 것일까? 시대 철학은 무엇으로 정립되는지 고민해 볼 일이다. 학교와 가정에서 이루어지는 교육이 전부라고는 할 수 없다. 예전에는 당연했던 것들이 지금 시대에서는 금기시되거나 구시대적 유물로 생각되는 것들이 상당히 많다. 역사를 돌이켜 봐도 마찬가지다. 시대 정의라는 명목하에 민중들은 가스라이팅 당하며 야만적인 권력의 힘에 짓밟히기 일쑤였다. 그 시대에 살았던 사람들과 지금 우리의 얼굴은 다른 표정을 짓고 있을까? 21세기에 들어 많은 국가들이 민주화에 성공하였지만 아직도 독재가 만연한 국가들이 있다. 과학 기술과 인류의 지식이 아무리 진화한다 한들 그것이 제대로 사용되게 하려면 결국에 필요한 것은 지혜이다. 아무리 훌륭한 자동차에 완벽한 브레이크가 갖춰져 있어도 폭주하는 자동차의 브레이크를 밟아야 하는 것은 인간의 지혜와 판단력이 필요하기 때문이다. 그리고 그 판단은 우리의 얼굴을 보면 알 수 있을 것이다. 표정은 쉽게 감출 수 있는 것이 아니기 때문이다. 이랑을 많이 일굴수록 쟁기 날은 빛난다고 했다. 빛나는 우리의 얼굴을 위해서 인류가 가꾸어야 할 것은 무엇일지 끊임없이 고민해 볼 일이다. 신영복의 저서에 '자기 짐이 많은 사람은 남을 도울 겨를이 없다. 많이 가진 사람이 오히려 적게 가진 사람에게 도움을 받는다.'며 '빈손이 일손'이라고 했다. 적게 가지기 위해 아낌없이 버릴 줄도 알아야 하는데 이것에는 큰 용기가 필요하다고 했다. 나 또한 무언가 새로 시작하거나 도전하는 것에 용기가 필요하지만 무언가를 포기하는 것에도 용기가 필요하다는 생각을 종종해 왔었다. 일하지 않는 농기구는 녹슬기 마련이고 흐르지 않고 고여 있는 물은 썩기 마련이다. 따라서 사람도 생각과 노력이 정지되어 있으면 퇴보하게 된다. 우리의 시대정신은 고여 있지 않길 바랄 뿐이며 그 방향에는 휴머니즘이 가득했으면 좋겠다. 나무의 나이테는 겨울에 자란 부분이 여름에 자란 부분보다 훨씬 더 단단하다고 한다. 우리나라가 70~80년대 힘겹게 이룩한 민주화는 어려운 시기에 확장된 시대 철학으로써 더욱 단단하게 우리의 삶에 뿌리 내릴 것이다. 역경은 이겨 낸 만큼 인내력이 생기고 넓어지며 다른 어려움이 찾아오더라도 헤쳐 나갈 수 있게 한다.

사람은 자신과 가장 가까운 사람을 미워하게 되며 가장 가까운 사람으로부터 미움을 받는다고 했다. 자신과 가장 가까운 사람이라면 가족과 친구가 될 것이다. 타인과 달리 가족이나 친구들에게 쉽게 화를 내는 것은 '나'라는 자아에 가깝기 때문이라고 한다. 가족을 '나' 자신이라 생각할 정도로 우리에게 가족은 가장 가까운 관계이지만 안타깝게도 큰 상처를 주거나 받게 되는 경우가 많다. 사람은 서로 가까이 있을수록 장점도 보이지만 단점도 보이게 된다. 가깝게 있을수록 서로 모든 것을 알게 되고 세월이 흐를수록 나쁜 점이 더 기억에 남게 되는데 이럴 때 자신의 마음을 다스려 소중한 만남과 인연을 귀하게 여겨야 좋지 않은 감정들이 사라지게 된다. 미인은 적당한 거리에서 봐야 미인이다. 너무 가까우면 흉터나 여드름이 보일 수도 있고 너무 멀면 무엇인가 보이지 않을 수도 있기 때문이다.

일곱 번째 노트

역사는 후렴구처럼

세상에 당연한 것은 없다. 인과 관계가 분명하지 않은 일도 없다. 우리의 삶을 더욱 풍요롭게 하기 위해서는 작은 것에도 감사함을 느끼며 살아야 한다. 인디언 격언 중에 대지는 조상으로부터 물려받은 것이 아니라 우리 아이들로부터 잠시 빌린 것이라는 말이 있다. 따스한 바람 한 점, 알알이 눈부신 햇살의 풍요로움, 모두가 감사한 일이다. 감사하면 사랑하게 되고 사랑하면 감사하게 된다. 우리를 감싸고 있는 자연과 문명을 감사하게만 생각하여도 세상에 갈등은 존재하지 않을 것이다.

류시화의 저서 『나는 왜 너가 아니고 나인가?』는 '거북이섬'이라 불린 북미 대륙에서 살아온 아메리카 원주민들의 삶과 문화에 대한 이야기다. 콜럼버스가 아메리카 대륙을 발견하고 백인들이 총, 균, 종교를 앞세워 쳐들어와 원주민들의 삶의 터전을 빼앗고 물러가면서 남긴 명연설과 격언들을 모은 저서다. 백인들로 인해 자신들의 세계와 생명의 근원인 대지가 파괴되는 것을 지켜보던 인디언들의 슬픔과 지혜가 녹아들어 있는 이 저서는 인디언들이 삶과 자연을 어떤 자세로 대하고 있는지 보여준다.

나는 땅 끝까지 가 보았네, 물이 있는 곳 끝까지도 가 보았네 나는 하늘 끝까지 가 보았네, 산 끝까지도 가 보았네 하지만 나와 연결되지 않은 것은 하나도 발견할 수 없었네…….

—나호바족의 노래

무엇하나 쉽게 놓칠 수 없는 문장들이 가득했다. 그들의 철학은 자연에 대한 경외가 아닌 감사함에서부터 시작된다. 삶의 터전인 대지와 자연을 대하는 그들의 자세는 겸손함을 넘어선다. 이런 인디언들의 모습을 보며 그동안 내가 아메리칸(미국인=흰사람)과 인디언에 대하여 잘못된 생각과 시각으로 바라보고 있음을 이 책을 통해 알게 되었다. 나는 지금까지 어른들과 선생님, 그리고 사회 지식인들로부터 인디언들은 '야만인'이며 난폭하고 심지어 '식인종'이라는 인식마저 들도록 교육을 받아 왔다. 그런데 그것이 아니지 않는가? 오히려 얼굴 흰 사람들이 강탈하고 침략한 것이라는 사실을 말해 주고 있지 않은가? 그리고 콜럼버스가 처음 아메리카 대륙을 발견했다고 배워 왔는데 그곳에는 콜럼버스 이전에 이미 인디언들이 살고 있었으며 그들이 콜럼버스 일행을 구해 준 것임에도 그런 역사는 말살되었다. 인디언들의 영적인 세계 역시 얼굴 흰 사람들보다 훨씬 더 오래전부터 고차원의 세계에서 살아왔었는데 왜곡되어 온 것이 아닌가? 그 후 얼굴 흰 사람들이 인디언의 땅을 무력과 거짓말, 회유와 협박으로 빼앗은 것임을 알았을 때 나는 이 자들을 믿어야 하는가? 하는 의구심마저 들었다.

미국은 과연 우리나라에게도 우방임을 가장하여 민족우월주의와 같은 정책을 자행하고 있는 것이 아닌지? 다시 한 번 생각하게 되었다. 지금까지 우리 민족에게 행하여 온 과정과 현재까지 이루어지고 있는 정책들을 볼 때 더욱 그러한 의구심이 짙어진다. 쇠고기 협상과 국방 무기를 둘러싼 방위력에 관한 관계 그리고 미군 기지 이전과 미군 주둔 비용 분담 등을 볼 때 과연 이 상태가 균형이 맞는 관계인 것인가? 지금의 정치 지도자나 지식인들이 이야기처럼 미국은 우리를 돕기 위해서만 머물고 있는 것인가? 자신의 목표나 계산은 없는 것인가? 우리의 지도자들은 과연 이러한 사실을 모르고 있을까? 생각이 여기까지 이르면 때로는 실소를 머금지 않을 수 없었다.

한국과 미국 간의 FTA 협상이 타결되었다는 발표가 있었다. 우리 측 협상 대표였던 김종훈 씨가 공식 발표를 했었다. 그

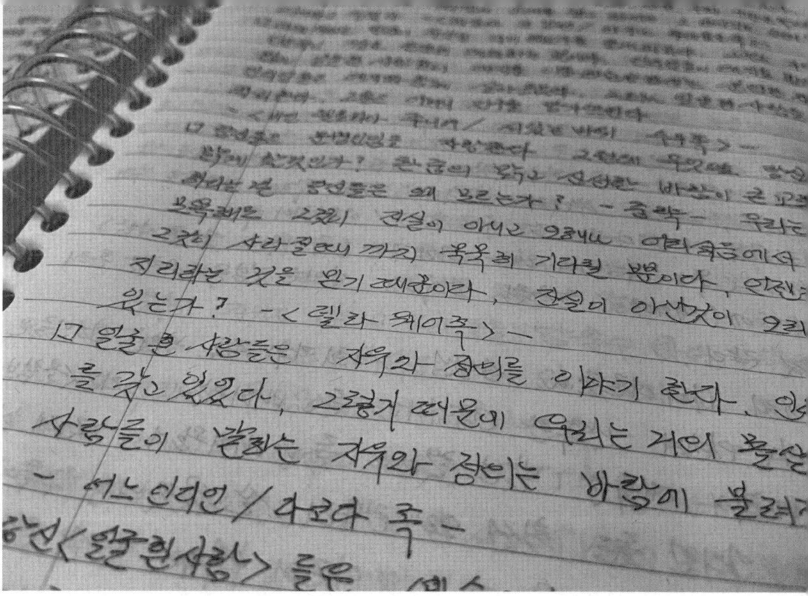

런데 나는 지금 읽고 있는 이 책과 발표 과정이 너무 닮았다는 생각을 지울 수가 없었다. 이 책은 약 400년에서 200년 전에 인디언 추장과 백인 대표가 했던 수많은 조약과 협상 과정을 이야기하고 있다. 이 책의 내용이 지금과 흡사한 것 같아 아! 백인들은 역시 그렇구나! 하는 생각이 드는 것이다. 내 기억이 생생한 것은 이명박 정부가 국회와 국민을 상대로 말하기를 그 당시 타결된 한 · 미 FTA 협정문에 국회의 조속한 비준을 요청하면서 "더 이상의 수정이나 재협상은 없다."면서 국회에 비준을 재촉했다. 그런데 발표는 미국의 요구대로 대폭 수정된 재협상 내용이 된 것이다. 나를 비롯해 국민들이 실망하게 된 부분은 미국의 요구에 의해 새로 추가된 내용 때문이었다. 우리나라에서 수출하는 자동차가 미국 내 자동차 산업에 영향을 미칠 때 '수입 제한' 등을 미국이 일방적 조치가 가능하도록 하게 했다. 우리나라에 불이익이 되는 뻔한 협상이 체결된 것은 비난받아 마땅했다. 당시 한나라당은 "균형 잡힌 협상"이라고 했지만 야당은 "굴욕 협상"이라며 언론도 이와 같이 보도했다. 이렇다면 과연 다수당인 한나라당이 국민의 뜻을 대변하고 있다고 볼 수 있는가? 나는 헷갈린다. 내가 투표권을 갖고부터 모든 정치 지도자들은 모두가 그때의 정책과 정부가 하는 일은 "옳다." "국민을 위한 것이다."라고 말해 왔다. 이승만 정권의 3 · 15 부정선거도 옳았고, 박정희 정권의 유신 독재도 옳았고 전두환의 쿠데타와 군사 독재도 옳았고, 김영삼, 김대중 대통령의 아들, 노무현 대통령 형님의 비리도 모두 그 정권 당시에는 묻혀 있거나 침묵하기 바빴다가 정권이 바뀌고 나면 봇물같이 터져 나왔다. 그때마다 국민은 어리석어 몰랐고 심하게 속아 왔다는 것이다. 우리 이렇게 생각해 보면 어떨까? 틀린 생각일까? 옛날(그렇게 옛날도 아니다.) 조선 시대 말기 현재 대한민국이 일본에 합병될 때 당시 관리들과 권력의 중심에 있던 사람들이 과연 당시 그들이 내세운 정책과 시책이 잘못이라고 하면서 국민을 이해시켜 왔는가? 아니었을 것이다. 이완용이 나라를 팔아먹어도 할 수 없는 일이고 최선의 대책이며 옳은 일이었을 것이다. 그렇게 옳고 국민의 지지를 받는 정치와 시책이었다면 왜 우리 국민은 식민 치하에 시달려야 했으며 이완용을 '매국노'라 말해 왔는가? 모두 다 옳은 일을 해 왔는데…… 나는 이 FTA 협상을 가지고 정치인들이 어떤 수단과 방식으로 국민을 대하는지 궁금해지면서도 짐작이 간다. 눈에 보이는 것 같다. 인디언과 백인 간의 협상 과정과 이행 과정 그리고 침탈 과정을 보지 않았는가? 그것이 보이면 이것이 보일 것이다.

인디언들이 백인 정부와 맺은 조약은 수많은 화살을 맞은 들소가 사냥꾼과 맺은 조약과 같다. 결국 그 들소가 할 수 있는 일이라고는 모든 것을 내주고 쓰러지는 것밖에 없다.

—유트족, 오레이 추장

역사는 거짓말을 하지 않지만 그 역사는 힘 있는 자들의 입맛에 맞는 해석과 주석이 따라붙게 된다. 역사는 힘 있는 자들이 써 내려가지만 어떤 커다란 제국도 힘만으로 제국을 유지시키지 못했다. 세계의 경찰 노릇을 하고 있는 미국 또한 마찬가지일 것이다. 국제 정치에 정의는 존재하지 않는다는 것을 나는 이번 협상을 보면서 다시 한 번 깨닫게 되었다.

미국의 달러 지폐에는 "IN GOD WE TRUST", "우리는 하느님을 신뢰한다."라고 적혀 있다. 하지만 인디언들은 그것이 실수로 "L" 하나가 빠진 것이라고 말한다. "IN GOLD WE TRUST" 즉 "우리는 황금을 신뢰한다."였다는 것이다. 이렇게 고쳐야 백인들의 정신에 어울린다는 것이다.

이 책을 읽으면서 느낀 생각으로 인디언들의 표현에 절로 고

개가 끄덕여졌다. 백인들은 인디오 즉 In dios를 Indios라고 신(神) 안에 살아가는 사람들을 인도인이라고 바꾸어 표현하지 않았는가 싶다. 그것이 계획된 것이든 실수였든 불문하고 말이다. 이 책을 통해 생각할 수 있는 것은 다른 나라와 민족에 대해 인권과 도덕성을 이야기하는 사람들이 정작 자기들은 아메리카 원주민들을 어떻게 대하였고 지금 현재도 개발도상국과 민족들에게 어떻게 하고 있는지 제대로 바라봐야 할 것이다. 또 일본(2차 세계 대전, 위안부 문제 등)과 중국(티베트 문제) 등 각 나라가 미국의 요구에 반발하는 것은 "당신들은 우리보다 더 잔인한 침탈의 역사를 가지고 있으면서 우리를 비난하거나 이래라 저래라 하는 것은 모순이다."는 논리나 사상이 밑바탕에 깔려 있어서인지도 모른다. 일본이 우리나라를 식민지화했을 당시의 진행 과정 또한 이와 별반 다르지 않았을 것이다. 만약 이 책이 몇천 년을 흐른 후에도 보존되었다가 후세에 전해진다면 그때도 얼굴 흰 사람들이 세계를 재패하고 자기들의 정당성을 지킬 수 있을까? 역사는 바뀔 수 있으므로 모를 일이다.

여덟 번째 노트

실패의 미학

실패가 교훈이 되기 위해서는 실패의 원인을 분석하고 그 분석을 바탕으로 다시 창조적인 아이디어를 도출해 내야 한다. 그렇지 않으면 실패는 반복될 수밖에 없다. 의미 없는 실패가 되지 않기 위해 CEO는 어떤 마인드를 가져야 하는가? 신동준의 『CEO 삼국지』는 삼국지의 열두 영웅들을 비즈니스 성공 모델로 제시한다. 그들의 성공 전략을 고전에 빗대어 풀어내는 이 저서는 뛰어난 리더십을 바탕으로 군사를 이끌었던 조조와 유비를 비롯하여 하후돈과 주유 같은 인물들이 저마다 가지고 있던 성공 전략으로 승리를 쟁취했다는 사실을 보여 주고 있다. 20세기 전에 펼쳐졌던 그들의 전략은 첨단 기술이 발달한 현재와 크게 다르지 않음을 말하며 고대 삼국지 영웅들의 성공과 실패를 현대 경영학의 관점으로 깊이 있게 들여다보고 있다.

잭디시 세스는 이런 말을 남겼다고 한다.

"인간의 평균 수명은 늘어나고 있으나, 기업의 평균 수명은 줄어들고 있다. 이것은 성장기 없이 자신을 갉아먹는 '자기 파괴의 습관'이 무의식중에 생기기 때문이다."

여기서 말하는 '자기 파괴 습관'이란 과거의 영광에 취해 앞으로 나아가지 못하는 타성을 조목조목 짚어 주었다. 그중에서 나는 가장 삼가야 할 '자기 파괴 습과'은 자아도취인 '오만'이라 생각한다. 자신이 제일인 것 같지만 자신보다 더 훌륭하고, 더 노력하는 사람이 훨씬 많다는 것을 항상 염두에 두고 노력해야 할 것이다. 내실을 기하며 때를 기다리다 기회가 찾아오면 과감하게 행동하여 목표를 쟁취해야 한다. 좋은 기회가 찾아온다는 것은 '운'에 기대는 것이지만 그 '운'이 찾아왔을 때 그것을 잡아내는 것은 '실력'이 뒷받침되어야만 가능하다. 실력 없이 잡아 낸 운은 얼마 가지 못해 자신의 손을 떠나게 될 것이다.

대나무는 촉을 틔운 채로 4년을 기다린다. 자라지 않고 촉 틔워 4년 동안 뿌리만 깊고 넓게 뻗는다는 것이다. 대나무 한 그루의 뿌리가 멀리는 200미터를 뻗고 깊게는 5미터를 내린다고 한다. 대나무 한 그루가 한 해에 높게는 25미터를 자라는데 4년 동안 뿌리만 키우고 넓혀야 높게 자랐을 때 넘어지지 않는다고 한다.

하찮아 보이는 나무 한 그루도 자기 생존에 필요한 준비를 한

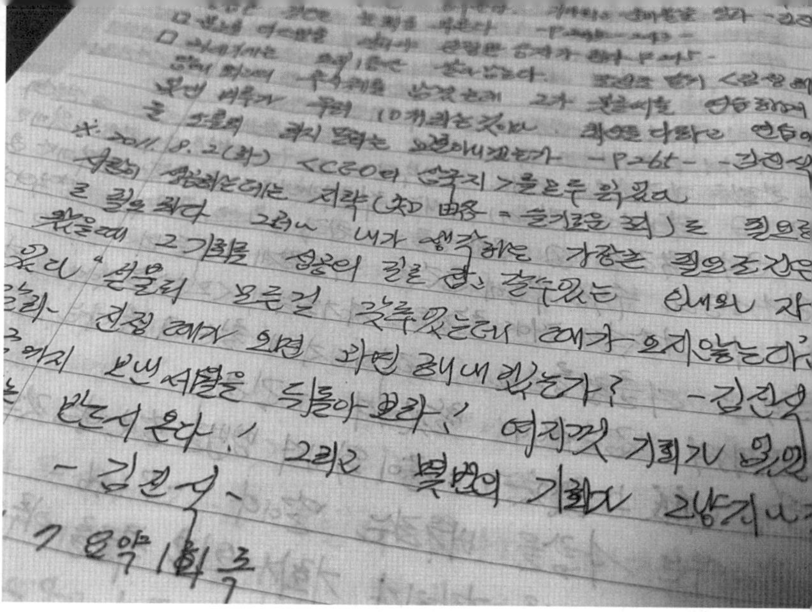

다는 것에 많은 감명을 받았다. 섣불리 드러내지 말고 최대한의 인내와 충분한 준비가 필요하다는 교훈이다. 마라톤 선수는 경기에 앞서 긴장하며 신발 내부를 청결하게 해야 하는 것이 기본 중의 기본이다. 무엇인가 신발 속이 조금 이상한데 별것 아니겠지…… 하고 지나친다면 한참을 달리다가 신발 속에 작은 모래 하나 때문에 멈춰 서게 되면 실패하고 마는 것이다. 나의 아들 딸에게도 당부하고 싶다. 기다리고 준비할 줄 알아야 한다.

조선 말기 김정희는 당대 최고의 추사체를 남겼는데 그가 붓글씨를 연습하며 닳아 없앤 벼루가 무려 10개라고 한다. 최선을 다하고 연습에 소홀히 하지 말라는 교훈임이 분명하다.

이 책을 읽고 사람이 성공을 하는 것에는 지략도 필요하고 담력도 필요하다는 것을 느끼게 되었다. 그러나 내가 생각하는 가장 큰 필요조건은 기회가 왔을 때 그 기회를 잡을 때까지의 인내와 자기 준비가 되어 있어야 한다는 것이다. 섣불리 '모든 걸 갖추었는데 때가 오지 않는다.'고 말하지 말라. 진정 당신에게 때가 오면 과연 해낼 수 잇겠는가? 당신이 지금까지 보내 온 세월을 뒤 돌아보라! 여태까지 기회가 없었는가? 그때 당신은 무엇을 어떻게 했는가? 당신에게 몇 번의 기회가 지나갔는지 알고나 있는가? 기회는 반드시 있다!

아홉 번째 노트

무시로

논어에 보면 군자무소쟁(君子無所爭) '군자는 다투는 법이 없다.'는 대목이 있다. 이것은 무엇을 뜻하는 것일까? 군자는 심한 언쟁도 없고 폭력적 다툼도 없다는 것 아니겠는가? 참으로 실행하기 어려운 일이다. 그래서 군자인가 보다.

나는 어떤 오해나 분쟁이 있으면 그것을 바로 지적하거나 바로잡으려 하지 않는다. 그것을 그 순간에 바로잡으려 들면 바로잡히지도 않을 뿐 아니라 언쟁이 생기고 나중에는 거칠어지며 감정만 나빠지므로 일단은 아무 말이 없든가 아니면 이 책에서 말한 적 있듯이 '뒷마당에서 장작 패는 일'을 한다. 물론 60년을 넘게 살아오면서 한 번도 언쟁을 하지 않거나 성인의 행동을 했다는 것은 아니다. 그저 나의 평소 마음이 억울하고 분하면 입 다물고 전진하려 했던 것 뿐이다. 누구나 월등한 위치에 있으면 싸움은 없어진다. 못난 자가 주먹질하는 법이다. 그리고 주먹질하는 자를 주먹질로 대하면 그(상대방)보다 좋은 사람은 되지 못한다. 나의 아들딸들아! 명심하라! 너희가 삶을 살면서 억울하고 분한 순간들이 생기거든 머릿속에 기억으로만 묻어두고 능력을 길러라! 그리하여 너희가 월등하게 능력을 갖춘 후 옛날을 이야기하라! 그러한 위치가 되지 못한다면 지난날의 억울함이나 분노는 영원히 너희들의 능력 때문임을 알아라.

최근 우리나라에서 벌어지고 있는 사건 사고들을 보고 있으면 안타까운 마음이 들 때가 많다. 어느 국가보다 빠르게 산업화와 민주화를 이룩해 냈음에도 곳곳에 퍼져 있는 여러 갈등을 해소하는 것에는 많은 어려움이 있어 보인다. 사회의 목소리를 듣지 않는 정치권의 태도가 가장 큰 이유라 생각되지만 우리 국민들이 그럴 때마다 더욱 목소리를 크게 낼 필요도 있다. 그리고 정말 궁금한 것이 있는데 정치인들과 행정가들은 국가와 국민의 안위보다 자신의 안위만을 챙기려는 것인가? 대한민국의 수많은 정치 행정가들이 모두 다 그렇단 말인가? 아니라면 제도의 문제인 것인가. 알 수 없어 답답하고 답답하기에 국민들은 그 책임을 물을 수 없어 그들을 비판하는 것이라는 생각이 든다.

논어에 "부귀는 좋은 것이지만 그 좋음이 참으로 좋음의 가치를 발견하기 위해서는 도덕성을 지녀야 하는 것이다."라는 말

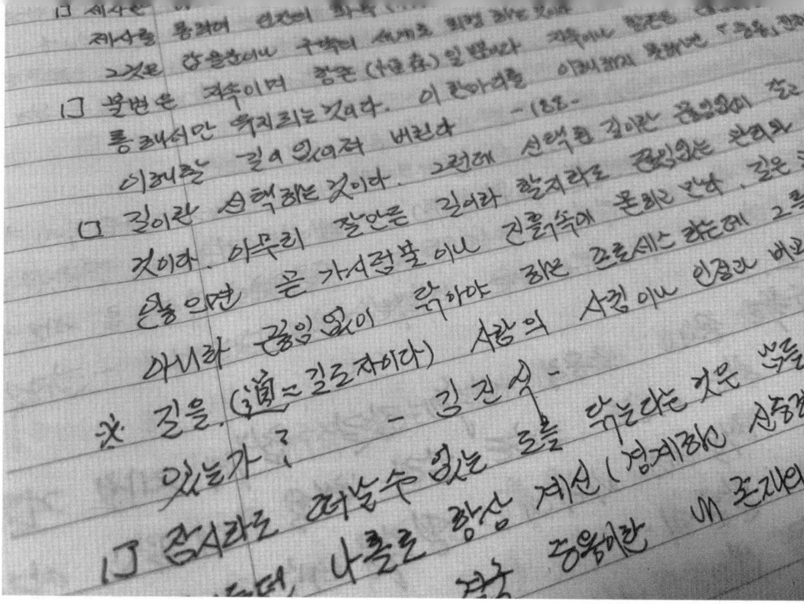

이 있다. 이 말대로라면 우리에게 부족한 것은 도덕성이지 않을까? 좋음을 모를 리 없고 그 좋음을 올바르게 실천할 도덕성이 부족하기에 우리 사회가 여러 갈등을 겪고 있는 것은 아닐까? 모두가 성인군자가 될 수는 없지만 성인군자가 되기 위한 길을 걷거나 실천하려 노력할 수는 있을 것이다. 입바른 소리만으로는 아무것도 달라지지 않는다. 중요한 것은 실천이며 실천을 위한 마인드셋이 중요한 것이다. 인류애에 대하여 여러 번 강조하여도 지나치지 않는다는 생각이 든다. 치열한 경쟁을 이어 나가는 시대에 어려운 이야기이지만 나 스스로를 돌보는 것이 아닌 공동체가 자신을 돌봐 주는 시대가 오길 바란다. 서로가 서로를 다독이며 나아가는 세상은 정말 불가능한 것일까.

가요 제목 중에 '무시로'라는 노래가 있다. 단어 그대로 내 욕심에 '무시로' 한 생활을 할 수 있도록 나를 다듬어 나가야 할 것이다. '무시로' 이것 하나만 실천한다 해도 이것이 내 삶에 얼마나 큰 득(得)이겠는가? '무시로' 괴롭고 힘든 일을 남에게 강요함 없이 혼자 스스로 감내해 내는 것. 이것 하나 말이다. 완벽하게 실천되지는 못할지라도 생각과 행동으로 항상 명심해야 할 일이다.

열 번째 노트

승인자유력 자승자강 勝人者有力 自勝者强

노자의 사상은 반문명적이고 반제도적이며 반권의주이적이다. 인간 내면의 보편적 가치를 스스로 드러나게 만든다. '자연'과 '자연스러움'을 추구하는 노자의 철학은 '발전'과 '개발' 중심으로 살아왔던 20세기를 돌아보게 만들며 21세기에 추구해야 할 새로운 가치를 제시한다. 동양의 대표적인 지혜로 손꼽히는 노자의 사상이 연구가 시작된 지는 그렇게 오래되지 않았다. 도올의 『노자와 21세기』 1~3권을 모두 읽고 나서 십년지계는 수목에 있고, 백 년을 내다보려면 사람을 키워야 한다는 것을 느꼈다. 지금 우리는 어떤 미래를 예감하고 있는가? 기자불립(企者不立) 발뒤꿈치를 들고 서 있는 자는 오래 서 있을 수 없다. 매사를 과장하여 돋보이려 하지 말라는 의미이다. 억지로 꾸며 과장하면 오래 못 가게 된다. 현대를 살아가는 우리에게 꼭 필요한 덕목이다. 진실로 행동하고 말없이 나아가야 한다. 타인과 자신 주변을 비교하거나 지나치게 눈치를 보는 풍토가 자신을 갉아먹는 것임을 명심해야 한다. 노자의 사상은 일관된 논리적 사색을 전달하려는 것이 아닌 노래이며 시이고 지혜의 포효이다. 그래서 노자는 글이 아닌 마음으로 읽어야 한다. 이 책을 대하는 독자의 기본적인 마음가짐이 위와 같았으면 좋겠다. 책과 독자가 하나 된 마음이 이루어질 때 비로소 이 책과 완전히 융화되어 효용이 생겨날 것이다.

도올은 한국 기업 오너들을 콕 찍어 돈을 벌 수 있는 생명력을 물려주는 것이 아닌, 자신이 번 돈을 자식에게 물려주려 하는 발상이 졸렬하다고 말했다. 홍콩의 스타 성룡은 "자식이 능력이 있다면 무일푼으로도 성공할 것이다. 그러나 자식이 능력이 없다면 아무리 많은 재산을 남겨 준들 보전해 내겠는가?"라고 말했다. 나는 성룡의 말을 이렇게 표현하고 싶다. "능자 공수기……."라고 말이다. 자식이 능력이 있으면 빈손으로도 얼마든지 일어설 수 있다는 것이 나의 생각이며 그것이야 말로 크든 작든 진정으로 스스로가 해낸 몫인 것이다. 아이들에게 부모가 물려줄 수 있는 유산을 물질적으로만 생각하지 말았으면 좋겠다. 노자는 자신에게 세 가지 보배가 있다고 했다. 자비로움과 검약함 그리고 천하에 감히 앞서지 않음이라고 했다. 우리 자식들이 살아갈 세계는 지금보다 더 첨단의 시대가 될 것이다. 우

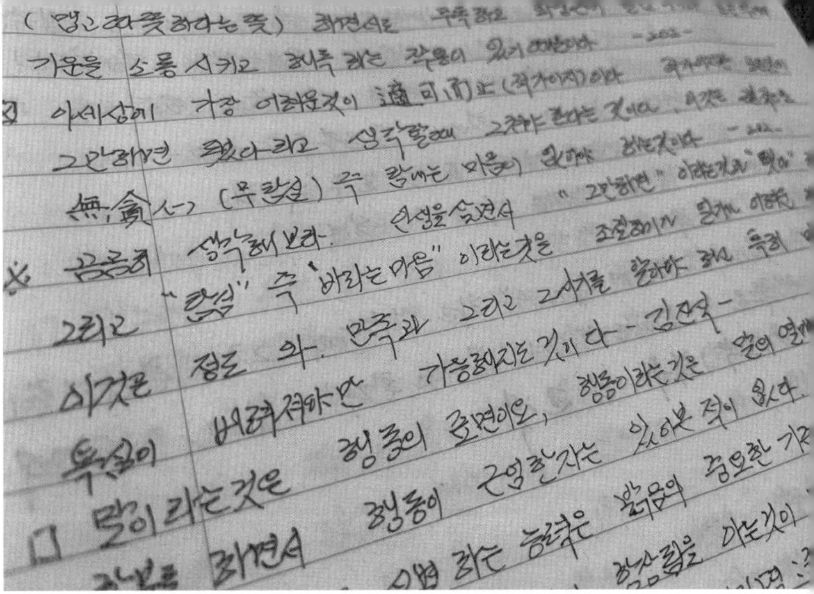

리가 점점 상실해 가고 있는 덕목들을 생각해 볼 때 세상 어떤 물질보다 필요한 것은 인간 본연의 자연스러움을 회복하는 철학이 되어야 한다. 십 년 뒤를 생각하며 나무를 심는다고 했다. 백 년을 살아갈 자식들에게 부모는 어떤 나무를 심어 줘야 할 것인지 고민해 볼 일이다. 지인자지 자지자명(知人自智 自知者明) 남을 아는 자를 지혜롭다 하지만 자신을 아는 자야말로 밝은 자이다는 뜻이다. 경험으로 미루어 볼 때 타인과 자신을 같은 기준으로 바라보지 않는 경우가 허다하다. 그리고 이것은 승인자유력 자승자강(勝人者有力 自勝者强) 남을 이기는 자를 힘이 세다 하지만 자신을 이기는 자야말로 강한 자이다라는 말과 귀결된다. 타인에게 가져다 대는 잣대는 물론이고 주변 환경과 나태함까지 이겨 내야 스스로와의 싸움에서 이겼다고 볼 수 있을 것이다. 철학은 지식의 나열이 아니라 반드시 깨달음을 주어야 한다고 했다. 깨달음은 논리가 아니고 느낌이다. 노래와 시를 대하는 것처럼 체험해 보지 못한 지혜를 나의 자식들도 느껴 봤으면 좋겠다.

열한 번째 노트

성공으로 가는 여정에 지름길은 없다

당신은 산을 올라가 본 경험이 있는가? 있다면 어떤 산을 어떤 길로 올라 보았는가? 당신이 스스로 산을 헤집고 당신만의 길을 갔는가? 아니면 다른 사람이 갔던 길을 따라 쉽게 갔는가? 혹시 당신이 산삼 캐는 사람을 만나 보거나 직접 산삼을 캐 본 경험이 있는가? 만일 산삼 캔 사람을 알고 있다면 그 사람에게 물어보라! 어떤 곳에 산삼이 있었는지…….

남들이 항상 다니는 길옆에 산삼이 있다던가? 아마도 아닐 것이다. 남이 다니지 아니한 깊은 산중에 가야 한 뿌리 발견할까 말까 한 것이 산삼이다. 삶의 길 또한 마찬가지다. 흔히 남들이 하니까 따라하는 사고나 방법으로는 성공하기 힘든 것이다.

당신 삶의 길은 당신이 찾아 만들어 나가야 하는 것이다. 이것이 삶의 기본 법칙이다. 누가 당신의 삶을 대신 살아 줄 수 있는가? 그 길에는 당신 말고는 아무도 없다. 당신이 택한 그 길이 당신이 성공으로 가는 길이다.

많은 자기 계발서가 있다. 누구나 꿈과 목표를 이뤄 성공하길 바란다. 같은 과정을 겪으며 앞으로 나아가도 결과 값이 다른 경우가 많다. 그런 경우를 우리는 실패했다고 했던가? 많은 자기 계발서에서 볼 수 있는 것처럼 대다수가 사람들의 동기 부여를 위해 여러 상황과 목표를 이루었을 때 느낄 수 있는 기쁨과 카타르시스에 대해서 이야기한다. 성공을 위한 처절한 과정을 적나라하게 묘사하기도 한다. 모두가 자신이 처한 환경을 이겨 내려 안간힘을 쓴다. 자기 계발서를 통해 우리가 알 수 있는 것은 '성공'으로 가는 여정에 지름길은 없다는 사실이다.

포기하기 전까지 '실패'하지 않은 것이라고 많이들 말하곤 한다. 동기 부여가 목표를 향해 나아가는 첫 발걸음을 내딛게 한다면 마인드셋은 자신의 목표를 포기하지 않고 계속 도전할 수 있게 하는 멘탈의 기본 소양이 된다. 결국에 성공이란 누구나 할 수 있는 것이 아니다. 경쟁에서 상대를 이겨 내야 하고 정점에서 자리를 유지하는 것 또한 많은 노력이 필요하다.

자기 계발에 나이가 중요한 것은 아니다. 하지만 20대에 자기 계발에 몰두해야 한다는 논조에는 어느 정도 동의하는 바다. 지난날을 돌이켜 보면 30대는 20대에 내가 보내 온 시간들이

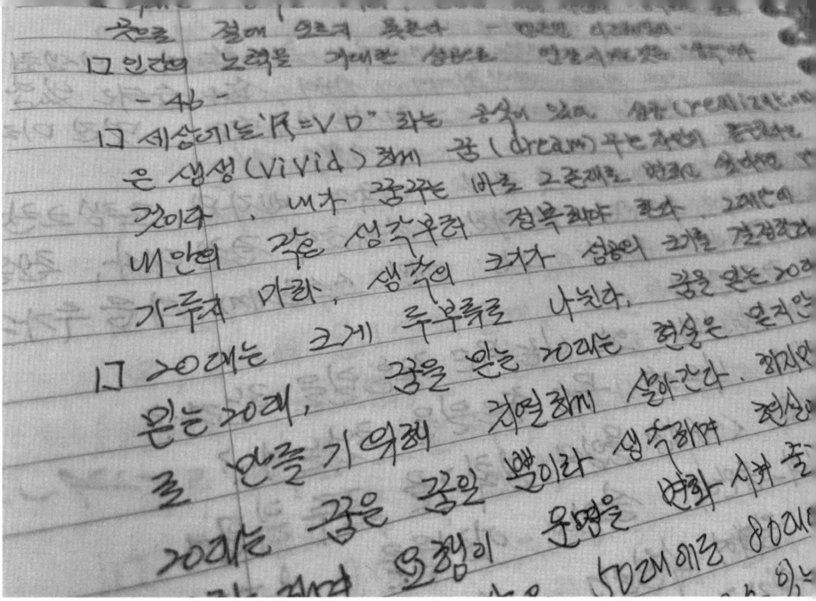

만들어 낸 모습이며 40대는 30대의 내가 만들어 낸 나의 모습이다. 이렇게 생각하면 내가 보내 온 시간에 대해서 많은 반성을 하게 된다. 기다란 직선의 각이 조금만 틀어져도 나중에 그 각의 엄청나게 벌어지게 되는 것처럼 인간의 시간 또한 잘못 보낸 시간의 각이 조금씩 벌어져 자신이 생각한 결과와 판이하게 달라지게 될 수 있다. 그렇다고 우리가 현재 보내고 있는 시간이 미래를 위한 무조건적인 희생이 되어야만 한다고 생각하지 않는다. 부모가 자식을 위해 온전히 자신의 시간을 희생하는 것보다 부부가 행복한 시간을 보내며 자식은 그 부모의 행복에 자연스레 편입되어 자라나는 모습이 나는 더 이상적이라고 생각한다. 이처럼 나이 대와 상관없이 현재 내가 보내는 시간에 즐거움을 느끼며 이 즐거움과 행복의 가치를 계속 유지시키기 위해서 나는 무엇을 해야 할까?라는 생각으로 삶의 목표를 지향하길 바란다. 사회에서의 성공 또한 중요하지만 내 자신이 추구하는 행복의 목표 또한 중요하다는 것이 나의 생각이다.

현대에 들어 정신질환을 앓는 사람이 점점 많아진다고 한다. 우울증과 공황장애, 불면증은 기본이고 타인과의 관계를 거부하는 모습 등이 정말 많다고 한다. 생각해 보면 지금 우리의 모습이 곧 사회의 모습이기도 한 것 같다. 1급수 물에 사는 물고기가 3급수 물에 살 수 없는 것처럼 현대인들이 겪는 많은 정신질환은 병든 우리 사회의 문제일지도 모른다. 초등학교 입학 전부터 어린아이들은 대입 시험을 위해 경쟁을 시작하고 대학에 입학해서는 위에서 언급한 자기 계발과 각종 스펙을 쌓아 취업 준비를 하는 경쟁을 시작한다. 경쟁과 경쟁을 거쳐 어렵게 직장생활을 시작하여도 스스로 힘으로 월급을 모아 결혼과 집을 마련해야 하는 것이 어디 쉬운 일인가? 3포 세대라고도 부르기도 하고 출산율 등이 저조한 것을 젊은 세대의 탓으로만 돌리면 안 되는 것이다. 들리는 말로는 부모 세대보다 잘살지 못하는 세대가 지금 젊은 세대가 처음이라고 한다. 수많은 경쟁 속에서 극한의 스트레스를 견뎌 온 그들에게 보상은커녕 사회적 발탈감과 패배감만을 심어 준 것은 아닌지 생각해 볼 일이다. 궁극적인 자기 계발의 항목에 평온하고 단단하게 자신의 마음을 다잡는 것도 포함되어야 할 것이다. 결국엔 다 마음의 문제다.

제1권 기록을 마치며……

2010년 봄 내 마음이 잠시 흔들리고 있을 때 그 마음을 안정시키고자 처음 책을 펼치기 시작한 것이 엊그제 같은데 벌써 3년이라는 시간이 지나갔다.

그리고 3년이라는 시간과 함께 158권의 책을 읽으면서 마음의 흔들림도, 보는 눈, 듣는 귀, 하는 말도 많이 달라졌음을 느낀다. 책과 사색이라는 것은 인간이 삶을 살아가는 데 꼭 필요한 것인지도 모른다. 독서와 사색을 통해 생각의 깊이와 폭이 달라졌으며 나 자신만을 위한 사고방식에서 벗어나 타인도 생각하게 되었고, 자연의 순리와 천지의 이치를 생각해 보게 되었다.

여기 기록된 내용은 나와 나의 자녀들이 훗날 마음이 흔들릴 때나 어려움이 닥칠 때 한 번쯤 읽어 볼 내용들이라고 생각하여 부족하나마 책의 내용 일부와 나의 생각을 적어 둔 것이다. 지금껏 읽어 본 책에서 느끼고 배운 것이 있다면 나는 감히 '마음을 다스릴 줄 알아야 한다.'는 것과 '세상을 사는 데는 반드시 양면이 있다는' 사실을 깨닫게 되었다는 것이다.

생(生)이 있으면 멸(滅)이 있고, 젊음이 있으면 늙음이 있고, 새것이 있으면 헌것이 있으며, 강한 것이 있으면 부드러운 것이 있고, 어두운 밤이 있으면 밝은 낮이 있다는 사실이다.

조급하게 굴지 말라!

천지조화와 대자연의 앞에서 인간이 잘나고 똑똑하라 한들 얼마나 대단한 존재이겠는가? 책은 나에게 겸손하고 나를 낮추라고 자꾸만 타이르는데 그게 쉽게 잘 안 된다. 그리고 때로는 끓어오르는 감정을 주체할 바를 모르겠다. 더 많은 책, 더 많은 수양으로 나의 내면의 세계를 맑고 바르게 가꾸어 가야 할 것이다. 책과 선각자들은 나에게 "마음을 다스려라!" "다른 무엇보다도 너의 마음을 네가 다스릴 줄 알라." "그러고 난 후 언행으로 실천하라."고 자꾸만 타이르고 있는 것이다.

책159권부터는 노트 제2권에 담는다.

2013년 11월 15일
김진식

2부

삶의
가능성을
재단하지 마라

열두 번째 노트

기업과 적자생존의 원칙

세계에서 유일무이하게 성공한 기업들은 인물이 아닌 조직을 우선시한다고 한다. 기업의 조직이란 곧 시스템이며 철저한 시간 관리와 사교 모임과 같은 기업 문화 정착에 애를 쓴다. 기업을 카리스마 있는 지도자가 이끌 것이라 생각하는 것은 이제 구시대적 유물로 자리 잡은 듯하다. 짐 콜린스와 제리 포라스가 함께 집필한 저서 『성공하는 기업들의 8가지 습관』은 정상에서 있는 세계의 비전 기업 18곳을 연구하며 집필한 도서다. 기업을 연구하며 여러 명강의를 남긴 짐 콜린스는 경제와 경영에 관심이 있는 사람이면 꼭 한 번 읽어 보길 권한다.

기업은 달성하고자 하는 그 무엇을 항상 가져야 한다. "이만하면 됐다."라는 뉘앙스는 비전 기업이 가장 지양해야 할 마인드다. 비전 기업이 되려면 목표가 이루어지기 전에 또 다른 목표가 설정되어야 계속 발전할 수 있을 것이다.

금년 음력 정월 초하루 날(2012년 1월 1일) 새벽에 우리 아이들이 부산 해운대에서 '공부 습관 주인공'을 개업(이때 나는 '창업'이라고 썼다.)할 때 A4 용지 한 장에다 전면에는 "教誠盡本將 無窮 繁榮來(교성진 본장 무궁 번영래)"라고 쓰고, 뒷면에는 그 뜻을 이렇게 풀어 적어 주었다,

"가르치는 데 정성을 다하는 것을 근본으로 하여 나아가라 그러면 번영은 저절로 따라올 것이다."라고…….

이 글을 써 주기 위해 나는 우리 아이들 개업 전 몇 달을 고심했고, 내 아이들이 영원히 간직할 수 있는 말 한마디를 전해 주고자 애썼다.

지금은 우리 아이들이 이 글을 보존하고 있는지 여부도 미지수다. 그것은 아이들이 할 몫이다.

이 사업은 2년을 운영하고 1억 원의 손실을 본 후 폐업했다. 교훈으로 배운 것이 있기를 바랄 뿐이다.

다윈의 '진화론'에 빗대어 생각해 보면 환경이 변화함에 따라 가장 최적화된 개체만이 '강한 종족'으로 살아남게 된다. 환경 변화에 대처하지 못한 약한 개체는 소멸된다는 적자생존의 법칙이 곧 '진화론'의 핵심인 것처럼 기업 또한 급격하게 변화하

는 트랜드와 소비자의 욕구를 충족시킬 혁신적인 아이템을 늘 생각해야 한다. 그런 의미로 비전 기업들은 개인의 창의성을 북돋우기 위하여 운영 면에서 광범위한 자율성을 부여하기도 한다. 사소한 것이라도 무엇인가 시도조차 하지 않는다면 우연히라도 새로운 것은 만들 수 없는 것이다. 변화와 새로운 시도를 두려워해서는 강사만이 살아남는 석자생존의 세계에서 기업은 롱런할 수가 없다. 생각보다 많은 비전 기업들이 변화와 진화를 위해 많은 힘을 쏟고 있다는 것을 미루어 볼 때 언제나 능동적인 태도를 고수하며 실패하더라도 서로를 다독여 주는 여유로움도 필요하다. 잘못이 생겨도 그것을 즉각 수용할 수 있는 겸손함은 말할 것도 없다.

국내와 다르게 외국의 기업들은 CEO 자리를 자식에게 물려주거나 하는 일이 벌어지지 않는다. 이건 국내 기업들이 비판받는 이유가 되기도 한다. 제너럴 일렉트릭의 CEO 잭 웰치는 은퇴 9년 전부터 "앞으로 내가 결정해야 할 가장 중요한 일은 후계자를 고르는 일이다."라고 했다. 비전 기업은 우수한 CEO들이 회사 내부에서 양성되어 1세기 동안 계속 이어져 내려왔다는 것이 제너럴 일렉트릭이 비전 기업으로 불리는 가장 큰 이유일 것이다. 비전 기업들은 비교 기업들보다 훨씬 더 고도의 수준으로 회사 내부에서 경영 자질을 갖춘 인재를 키워 CEO로 선정해 왔으며 이것은 기업의 핵심 가치와 기술을 보존하기 위

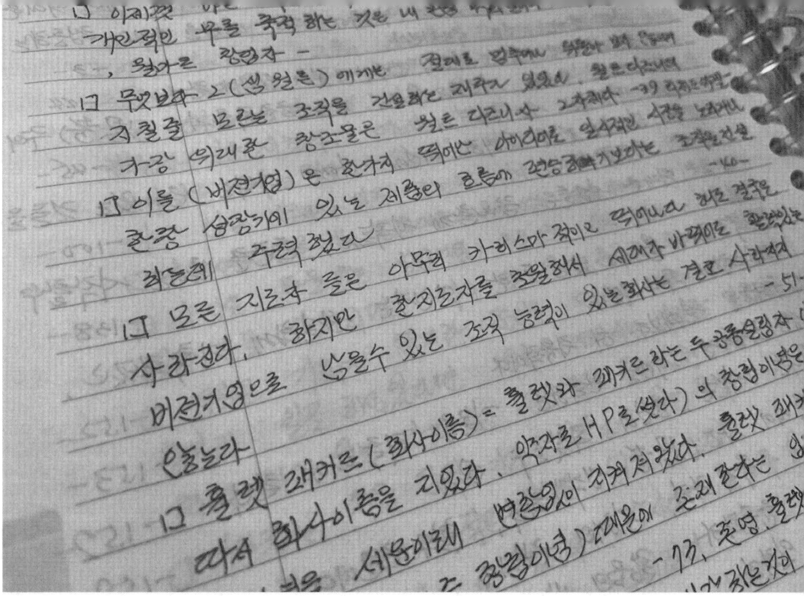

해 중요한 일이었다. 비전 기업들은 비교 기업들보다 6배나 더 많이 회사 내부의 인물을 CEO로 선정했다. 회사의 최고 경영진이 외부로부터 왔다는 것은 그 기업이 핵심을 잃고 흔들린다는 것이며 이것은 기업의 쇠퇴를 의미한다. 사업이든 기업이든 그 조직이 단단하게 성장하려면, 그리고 그 사업을 제대로 통솔하려면 바닥부터 경험해 본 사람이어야 할 것이다.

단기간의 성과와 목표에 열중하는 것도 좋지만 비전 기업을 만들기 위해서는 조직을 건설하여 핵심을 보존하고 발전을 자극하는 프로세스를 장기간의 헌신을 통해 계속해 발전시키는 것이 필요하다. 기업이 창업에서 시작하여 오랜 세월을 유지하고 발전하기 위해서는 경영진 한 사람의 능력도 중요하겠지만 그 기업의 종사자 모두에게 그 기업에 대한 철학(이것을 핵심 이념이라고 부른다.)과 모든 종사자의 실천 의지가 있어야 한다. 순간의 이익이나 영리에만 치중하면 그 기업의 운명은 짧다.

여기서 다시 생각나는 것은 나의 아들딸이 〈공부 습관 주인공 센텀 센터〉 운영을 시작할 때 내가 써 준 '敎誠盡 本將, 無窮繁榮來(교성진 본장, 무궁 번영래)라는 글귀이다.

내가 이 글귀를 써 줄 때는 영리에 치우치지 말고 가르치는 데 정성을 다하기를 바랐던 것이다.

그리하여 나의 아들딸에서 시작하여 그의 아들딸들 그리고 그 아들딸들의 아들딸들에게까지 명문 교육 기관으로 영원히 이어지기를 바라는 마음이었다는 것을 알아주었으면 좋겠다.

열세 번째 노트

행운도 자격을 필요로 한다

사람들에게 각인되기 위해서 우리는 최고 혹은 최초 등의 수식어를 붙이고는 한다. 세계 최고의 기업, 세계 최초로 개발된 기술 등등.

이것뿐만 아니다. 최고라 불리는 대학이나 기업에 소속되어도 우리는 최고라는 타이틀을 가지게 된 것처럼 이야기하곤 한다. 이런 맥락에서 바라보면 버락 오바마는 모든 타이틀을 가지고 있는 것처럼 보인다. 미국이라는 '최고'의 나라에서 '최초'의 흑인 대통령이 되었으니 말이다. 좋아지고 있다고는 하지만 아직도 인종 차별이 만연한 세상에 버락 오바마는 사람들에게 존재 그 자체로 희망이 되었다는 것은 명백한 사실이다. 하지만 최고와 최초 등의 모든 수식어를 가진 그가 걸어온 길은 우리가 생각한 것만큼 평탄하지 않았다. 버락 오바마는 "신은 아무에게

나 행운을 주지 않습니다."라고 말한 적이 있다. 앞뒤 맥락은 잘 모르겠지만 우리가 여기에서 집중해야 할 단어는 '아무에게나'가 될 것이다. 행운도 그것을 받을 자격이나 능력이 있어야 기회에 머물지 않고 행운이 되는 것임을 말하고 싶었을 것이라 생각한다.

오바마도 불우한 어린 시절을 보냈다. 아버지의 부재와 부모의 재혼으로 오바마는 어머니와 살게 되었지만 재혼에 실패한 어머니는 오바마를 외할머니 할아버지의 손에 맡기게 되었다. 하지만 오바마는 부모와 환경 탓을 할 법한 상황에서도 어머니를 미워한 적이 없다며 가능한 부모의 입장에서 생각해 보려 노력했다고 한다. 그런 삶의 태도가 그에게 행운을 가져다준 것일까. 나는 지금까지 부모 탓, 남 탓 하는 사람 치고 성공한 사람을 본 적이 없다. 앞서 언급한 바 있지만 나는 기본적으로 부모님은 우리를 낳으시고 길러 주시면 하실 일 다 하신 것이라 생각한다. 나머지는 자신이 스스로를 키워 뜻한 바를 이루어 나가는 것이다. 사람이 세상에 태어날 때는 똑같이 몸무게 3kg의 아기였다. 혹자는 이렇게 말할 수 있을 것이다.

그렇다면 어째서 재벌 자식으로 태어난 자와 한 평도 못 되는 쪽방에서 태어난 사람이 같을 수 있느냐고……. 당신말도 옳다! 그러면 나는 이렇게 물어보겠다. 그 잘난 재벌 자식이 망하고 쪽방에서 태어나 인류의 지도자가 된 사람은 왜인가? 지금

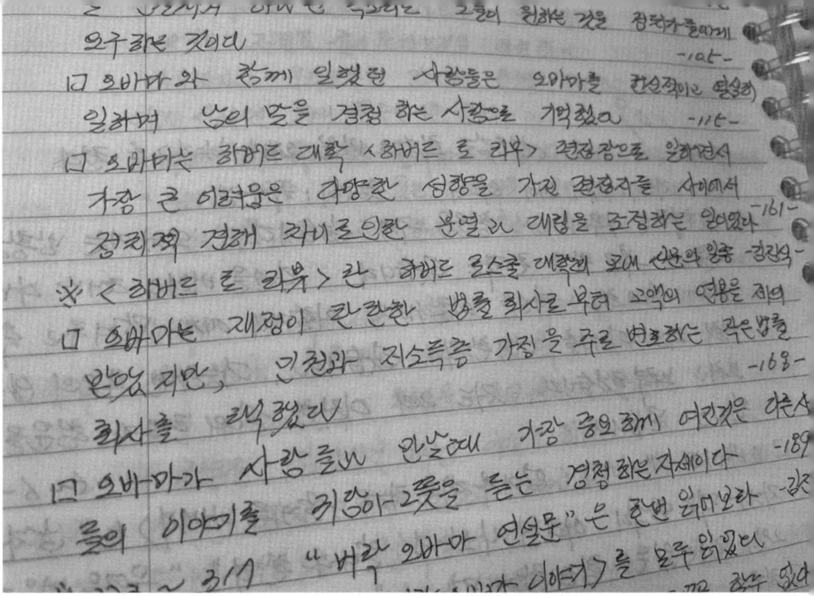

의 현실은 당신이 지금까지 해 온 결과물이다. 그러니 부모나 조상을 탓할 일은 아니라는 것이다. 당신이 탓하는 그 부모가 계셨기에 지금 당신이 이 아름다운 우주와 지구에서 살고 있는 것이다. 부모 탓은 안 하는 것이 맞다! 탓하려면 당신이 당신을 탓하라! 당신은 지금까지 무엇 했으며 어디에 서 있는가? 당신이 당신을 자세히 보라! 이래도 부모 탓이 되는가? 부모는 나름대로 당신을 키우느라고 안 잡수시고 안 입으셨다. 그래서 오늘의 당신이 있는 것이다.

잔인한 이야기일지 모르겠지만 어쨌든 세상은 결과론적으로 정의될 수밖에 없는 것 같다. 역사는 승자에 의해 쓰인다는 말처럼 좋은 결과가 있어야 그 과정도 아름답게 보이는 것이다. 오바마가 미국의 대통령이 되지 못했다면 사람들이 지금처럼 그가 살아온 길을 성공적으로 보았겠는가? 미국의 대통령이 되지 못하였어도 오바마는 훌륭한 덕망을 갖춘 사람으로 영향력 있는 인물은 되었겠지만 지금과 같은 느낌은 아니었을 것이다. 씁쓸한 이야기지만 유명해지면 똥을 싸도 사람들이 박수를 쳐 줄 것이라는 앤디 워홀의 말이 떠오르기도 한다. 유명세 때문에 무조건적인 추종 세력이 생기기도 하지만 반대로 유명세 때문에 그 사람의 본질을 보지 못하는 경우도 허다하다. 오바마는 두 경우 모두 해당하지 않지만 그만큼 사람들은 유명세가 생기면 왜곡된 시선을 가지기도 한다는 것을 말해 두고 싶었다.

『오바마 이야기』를 읽어 보면서 "나는 환경이 나빠서 무엇을 할 수 없다."는 말은 말이 안 되는 소리라는 것을 알게 되었다. 환경이 나쁘기로 말하면 이보다 더 나쁜 환경이 있었을까? 결론은 모든 것은 자기의 마음과 의지에 달렸다는 것이다. 마지막으로 버락 오바마의 연설문은 직접 읽어 보길 권한다.

열네 번째 노트

당연한 것을 거부하라

인간의 최종 진화는 영생을 얻으므로 완성되지 않을까라는 생각을 해 본다. 다윈의 진화론적 입장에서 생명체는 환경에 적응하며 자신의 육체를 변화시켜 살아남은 종이 계속 변화해 왔다. 멸종을 겪을 만큼 급격한 환경 변화에 대응하기는 쉽지 않을 것이다. 그렇게 생각한다면 생명체는 결국 환경에 맞게 진화해 온 것이 아니라 환경이 선택한 결과물로도 볼 수 있을 것이다. 환경이 어찌 됐든 생명체의 입장에서 결코 뛰어넘을 수 없는 것이 죽음이라는 현상이다. 프란츠 카프카는 "삶이 소중한 이유는 언젠가 끝나기 때문이다."라고 말했다. 제한적인 삶의 시간은 인간의 입장에서 생명을 더없이 소중하게 생각하게 한다. 우리는 여기서 생각해 볼 것이 있다. 소중하다는 것은 무엇일까? 소중하다는 것은 여러 가지 가치의 개념에 따라 우선순위가 나뉘겠지만 자신의 '목숨'만큼 우선순위가 되는 것은 얼마 되지 않을 것이다. 그렇기 때문에 우리는 자신의 목숨을 타인을 위해 던지는 희생을 숭고하게 생각하는 것이다. 인류의 역사를 돌아보면 이런 가치를 위한 싸움을 계속해 왔다. 죽음을 뛰어넘는 것이 인류의 사명이라도 되는 듯한 행보를 보이며 의학과 과학 기술이 많은 발전을 했다. 최근의 어떤 과학자는 노화를 질병으로 규명 짓고 노화에 관련된 DNA를 찾아 연구하고 있으며 어느 정도 성과를 보이고 있는 모습이다. 처음 이 이야기를 들었을 때 자연 현상처럼 노화는 당연한 것으로 생각했지만 노화가 질병일 수도 있다는 말을 들으며 혁신은 당연한 것에 대한 거부와 의심으로부터 출발하게 되는 것이라는 것을 다시 한 번 느끼게 되었다. 질병과 노화를 정복하게 되면 인간의 수명은 월등히 높아질 것은 분명하나 한정된 지구의 자원과 공간을 생각해 보면 질병과 노화의 정복이 인간의 영생을 위한 전부는 아닐 것이라는 생각이 든다. 그리고 무엇보다 수명이 크게 늘어나게 된다면 인간의 여러 개념과 삶의 패턴에도 큰 변화가 있을 것이다. 우리나라를 예로 들면 10대에는 학업에 전념하여 대학에 진학하는 시기이고 20대에는 대학 생활을 하며 취업을 준비하여 본격적인 사회생활을 시작하게 된다. 30~50대는 결혼과 출산, 육아로 이어지는 패턴을 보이며 노년기에 접어든다. 짧다면 짧고 길다면 긴 우리의 정형화된 인생 패턴의 변화가 있을 것 같다. 무엇보다 시간에 대한 개념이 바뀌어 지금보다는 여유로

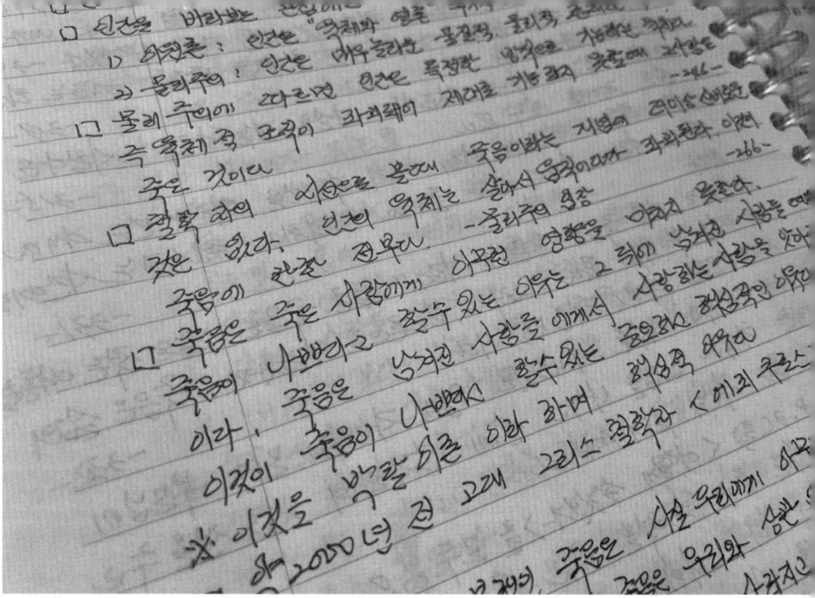

운 삶을 살아가지 않을까라는 생각도 해 본다. 그 시기가 아니면 못할 일은 사라질 것이다. 실패라는 말도 사라질지 모른다. 긴 시간을 두고 꾸준히 나아간다면 이루지 못할 것이 무엇이 있겠는가? 점차 수명이 늘어나는 가운데 어떤 특이점이 찾아올 것이라 의심치 않는다. 시간의 굴레에서 벗어난 인간의 미래는 보다 나은 삶이길 바랄 뿐이다.

죽음과 인간에 대한 몇 가지 관점을 살펴보고자 한다. 인간을 바라보는 관점에는 '이원론'과 '물리주의' 두 가지가 있다고 한다. 인간은 육체와 영혼 두 가지 요소로 이루어져 있다는 것이 이원론이고 인간은 매우 놀라운 물질적, 물리적 존재라고 보는 것이 물리주의이다. 물리주의에 따르면 인간은 특정한 방식으로 기능하는 육체이며 육체적 조직이 파괴되어 제대로 기능하지 못할 때 그 사람은 죽은 것으로 판단한다. 물리주의 입장에서 죽음은 육체가 살아서 움직이다 파괴되고 이것이 죽음의 전부라는 입장이다. 죽음이 나쁘다고 말하는 '박탈론'이 있는데 박탈론에 따르면 죽음은 죽은 사람에게 아무런 영향을 미치지 못하며 죽음이 나쁘다고 할 수 있는 이유는 그 뒤에 남겨진 사람 때문이라고 한다. 죽음은 남겨진 사람들에게서 사랑하는 사람을 앗아 간다는 것이 핵심적인 주장이다. 우리는 죽음이 나쁜 것이라고 믿는다. 왜냐하면 죽고 나면 존재할 수 없기 때문이다. 박탈론이 설명하는 것처럼 죽고 나면 삶의 모든 축복을 누릴 수 없기 때문이다.

삶과 죽음, 그리고 영혼에 대한 생각은 각자 다르다. 나는 영혼과 죽음 이후의 세계 즉 내세가 있다고 생각하는 사람 중 하나이다. 그 이유는 종교적(불교 또는 유교)의 이유도 있지만 영혼과 내세를 부정한다면 인간의 삶이 메마르고 거칠어지기 때문이다. 죽음에 대한 순수 물리주의를 지지한다면 효도와 선행이 무슨 소용이 있겠는가? 우리가 효(孝)와 선(善)을 행동 준칙으로 삼을 때 각자의 삶과 질서가 순화될 것이다.

열다섯 번째 노트

삶의 풍요는 조언에서 시작된다

인생은 늘 선택의 연속이고 정답에 가까운 선택을 하기 위해 여러 고민을 하게 된다. 조언을 구하고 싶을 때 당신은 누구를 가장 먼저 떠올리는지 묻고 싶다. 스승이나 부모, 친구와 연인 등 주변의 다양한 사람이 있겠지만 대부분의 경우 정답은 이미 정해져 있고 당신이 그들로부터 듣고 싶은 말은 자신의 선택에 대한 격려와 지지인 경우가 많다. 이렇게 보면 인생에는 완벽한 성공도 완벽한 실패도 없는 것 같다. 모두가 그렇지는 않지만 나이를 먹다 보며 생기는 여러 경험들로 하여금 시각이 넓어지고 사리분별을 하는 능력이 생기게 된다. 그런 의미에서 노인들은 젊은 사람에게는 없는 지혜가 있다고도 볼 수 있다. 온전히 자신의 삶을 살아온 그들은 젊은이들이 경험하지 못하고 가 보지 못한 곳을 가 보았기 때문이다. 그렇기 때문에 나는 보다 젊은 세대와 기성세대의 가치 공유가 제대로 이루어져야 한다고 생각한다. 세대 갈등이 만연하지만 젊은이들은 기성세대의 경험을 존중하고 기성세대는 젊은이들의 개성과 고충을 존중해 주어야 한다. 저명한 사회학자인 칼 필레머의 저서 『내가 알고 있는 걸 당신도 알게 된다면』은 사회생활을 하며 맺게 되는 여러 관계들을 잘 이끌어 갈 수 있도록 조언해 준다. 부부 관계, 자식과 부모의 관계, 행복하기 위한 마인드셋, 만족스러운 직업을 고르는 법 등 삶의 여정에서 필요한 여러 가지 이야기를 다룬다.

이 책에서 다룬 내용 중에 가장 먼저 눈에 띄었던 것은 배우자를 찾는 것에 대한 조언이었다. 낭만과 사랑은 다른 것이라며 낭만적인 사랑만으로는 결혼 생활을 제대로 하기 힘들고 육체적으로 끌리는 감정이 지난 뒤에는 비슷한 관심사나 함께할 수 있는 것들을 찾는 즐거움이 있어야 한다고 했다. 현명한 부부 싸움을 하는 방법으로는 논쟁을 하다가 문제가 생기면 함께 집 밖으로 나올 것을 권유하며 먼저 화를 풀 방법을 찾고 나서 이야기하라고 했다. 자존심을 건드리는 농담은 삼가고 상대방의 말에 귀를 기울어야 할 것이며 화가 난 채로 잠자리에 들지 말라고 했다. 행복한 결혼 생활을 위해서는 비슷한 사람과 결혼할 것과 설렘보다는 우정을 믿어야 한다고 했다. 구구절절 크게 다가오는 말들이었다. 사람은 자신과 가장 가까운 관계일수록 쉽

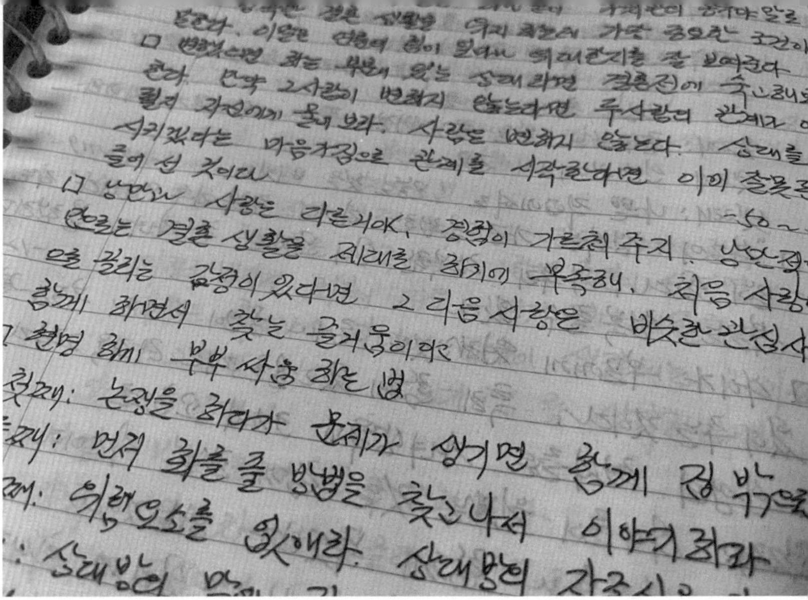

게 화를 내는 경향이 있다고 한다. 그것은 나 자신과 같은 존재로 인식하기 때문이라고 한다. 그래서 타인보다 가족에게 화를 내거나 언행을 함부로 하게 된다고 한다. 이해가 되면서도 가슴 아픈 부분이 아닐 수 없다. 가장 가까운 사람이 가장 화를 내기 쉽다는 것이 역설적으로 들리기도 한다. 소중한 사람에게 화가 난다면 한 번 더 생각해 볼 일이다.

좋은 직업을 찾기 위한 조언으로 가장 눈에 띈 것은 "평생 하고 싶은 일을 찾기 위해 매일 즐겁게 출근할 수 있는 직장을 찾겠다는 목표를 세울 것."이라는 부분이었다. 직업은 어쩌면 평생을 하게 될 일일지 모르니 정말 좋아하는 일을 찾아야 한다는 것이다. 월급보다 즐거움과 보람을 느낄 수 있는 내적 보상이 중요하며 좋아하는 직업을 찾는 비결 또한 끈기가 필요하므로 쉽게 포기하지 말 것을 당부했다. 나쁜 직업에도 배울 것이 있으므로 긍정적인 마인드로 직업 찾기에 나서야 한다고 했다. 무엇보다 직장에서의 인간관계 또한 중요하게 언급하였다.

자식과 부모의 관계를 다룬 부분에서도 많은 공감을 했다. "부모의 행복은 가장 불행한 자녀의 행복 지수만큼이다."라는 말을 인용하며 아무리 행복한 일이 많아도 자녀가 불행하면 부모는 행복할 수 없다는 말이다. 아이가 부모에게 원하는 것은 돈이나 물건이 아니고 부모가 곁에 있어 주는 것이다. 인생의 현자들은 자녀 양육의 3가지 교훈을 다음과 같이 꼽았다.

첫째 아이들이 원하는 것은 함께하는 시간이다.

둘째 아이들과 함께 무엇인가 하는 것이다.

셋째 아이들과 함께 시간을 보낼 수 있다면 희생도 감수하라.

아이들에게 체벌을 가하는 것은 전혀 효과가 없다고 밝히기도 했다. 체벌은 전혀 효과가 없을 뿐만 아니라 상처만 될 뿐이다. 아이를 때리고 나면 부모도 속이 상하고 좋은 점이 전혀 없는데 굳이 체벌을 해야 할 이유가 없다는 것이다.

여기서 고백하자면 나는 나의 딸에게 가혹할 정도로 체벌을 가한 일이 있다. 그 후 얼마나 오랜 세월을 후회하며 눈물 흘렸는지 모른다. 처음에는 "사람 돼라!"는 마음에서 매를 댔는데 딸은 차츰 "잘못했어요."라는 말을 하지 않아 "오기와 감정"으로 처음 생각보다 많은 매를 때린 것이 사실이다. 이때부터는 이미 "교육을 위한 매"가 아니었음을 진심으로 고백한다.

나의 사랑하는 딸 미란아! 아버지가 진정 잘못했다.

그 후 나는 나의 아들에게는 매라는 것을 대 본 적이 없다. 그대들도 후일 제발 자녀들 교육한답시고 '매'는 잡지도 말아 달라! 지금 이 시점에서 생각해 보면 모든 것이 나를 기준으로 해석되고 평가되어 내 체면, 내 자존심 때문이었다. 그 아이가 지금은 박사! 그리고 사회에서 자기 몫을 충분히 해내고 있는 지성인이다. 때가 되면 누구나 자기 몫의 일을 하도록 되어 있는 것이지 결코 '매'의 효과가 아닌 것이다. '매'는 당신이 한순간 잘못된 평가와 감정을 감내하지 못해 당신이 저지르는 최악의 선택일 수도 있다. 누구나 그것을 그 당시에는 모르고 또 알고 있다 해도 자기변명, 자기 합리화로 묻어 버리기 때문에 아이들의 주장은 묻히는 것인지도 모른다. 만일 지금 당신이 '매'를 가지고 있다면 그 '매'는 불살라 버려라!

부모 자식 간의 끊어진 연은 평생을 짊어지고 살아야 하는 슬픔이자 영혼을 짓누르는 불안의 원천이 될 수 있다. 가족 간의 균열을 일으키지 않기 위한 노력을 끊임없이 해야 한다. 마지막으로 후회할 일을 만들지 않는 조언을 소개하고 싶다.

첫째 정직하라.

둘째 기회나 도전할 일이 생기면 긍정적으로 받아들여라.

셋째 더 많이 여행하라.

넷째 배우자를 선택할 때는 신중하고 신중하라.

다섯째 하고 싶은 말은 바로 지금 하라.

삶에 정해진 길은 없다.

다만 먼저 가 본 사람의 경험을 바탕으로 가는 길을 예측할 수 있다고 말할 뿐이다. 인생의 현자(늙은이)들의 말 한 마디에 때로는 당신의 미래가 있을지 모른다.

열여섯 번째 노트

삶의 가능성을 재단하지 마라

『사람은 무엇으로 성장하는가?』의 저자 존 멕스웰은 자기 안에 잠들어 있는 가능성을 깨우는 방법을 제시하며 성장을 위한 15가지의 특별한 법칙이 필요하다고 말했다. "자신이 원하는 것을 명확하게 알면 세상도 명확하게 응답한다."라는 로레라의 말처럼 우선 자신이 무엇을 원하는지 정확이 인지하는 것이 중요하다. 그리고 자신의 욕구를 실행하기 위한 의지가 뒷받침되어야 한다. 플랭크는 "모든 사람이 마음먹은 대로 실천했다면 세상에는 상상을 초월하는 업적이 남았을 것이다."라고 했다. 그만큼 자신의 의지를 실행으로 옮기는 것은 말처럼 쉬운 것이 아님을 다시 한 번 느끼게 한다. 미국의 정치가 클라크 또한 지금 해야 할 일을 미룰수록 실천하지 않을 가능성이 커진다며 '의도성 체감의 법칙'을 언급했다. 하룻밤에 목적지를 바꿀 수는 없어도 방향을 바꿀 수 있다고 했다. 열정을 품은 한 명이 관심만 있는 백 명보다 위대하다는 말처럼 실천하지 않으면 성취도 없는 것이다. 앞서가는 사람은 하나같이 자신이 원하는 것을 찾으려 애쓰며 앞으로 나아가려는 진취적인 태도를 공통적으로 보이는 것 같다. 당신이 진짜 하고 싶은 일이 무엇인지 끊임없이 반추하며 어떤 동기로 그 일을 하고자 한다면 어떤 대가를 치러야 하고 그 대가를 치를 용기가 있는지 하고 싶은 일이 있다면 당장 실천할 용기가 있는지 생각해 볼 일이다. 자신의 가치를 들여다보는 사람은 쉽게 무너지지 않는 법이다. 자신의 뜻을 펼치는 것에 필요한 것은 결심, 의욕, 집중력 세 가지이다. 그러기 위해서는 무엇보다 생각을 바꿔야 한다.

나는 어렸을 때 나의 가정환경이 무척 가난하다고만 생각했었다. 그러나 지금 되돌아보니 그때 그 환경은 어렵고 가난한 환경이 아니었음을 깨달았다. 그것은 나의 친구들이 공부를 하며 농사일을 거들 때 나의 아버지는 월급 노동자셨고 나의 친구들이 공납금을 제때 내지 못할 때 나는 공납금을 용돈으로 몰래 써 버린 적도 있었기 때문이다. 그러나 어린 시절 나는 우리 집이 몹시도 가난하다고 생각했고 어떤 일이 있어도 이 가난만은 벗어나서 나의 아들딸들과 더불어 형제에게는 물려주지 않으리라고 다짐했었다. 이때 나의 아버지 어머니의 마음은 어떠하셨을까? 못다 해 주는 그 마음에는 서러움이 서렸을 것이다. 그

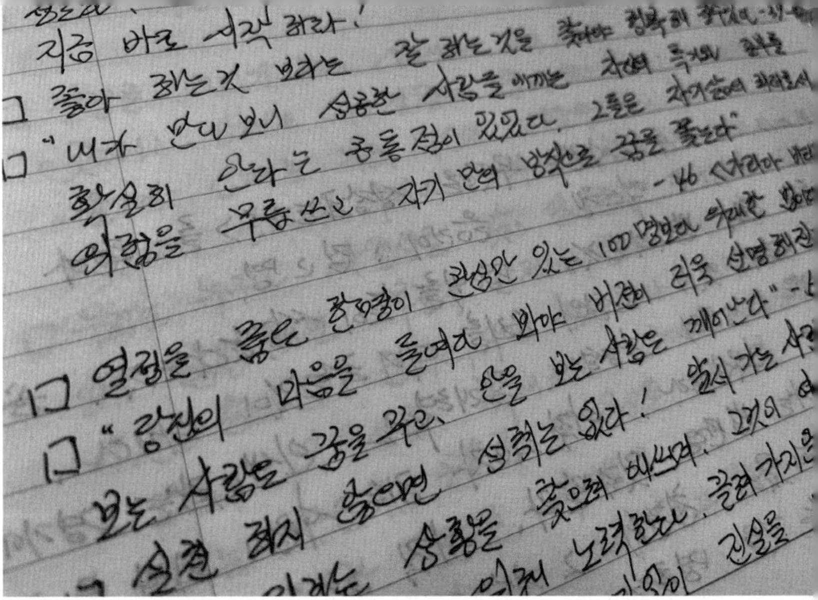

마음을 어릴 적 나는 몰랐던 것이다.

나는 중학교를 졸업하면서 홀로서기를 시작했고 어린 나이에 〈은성광업소〉 공무과 사환(심부름)으로 일하면서 약 60명의 책상과 사무실 청소를 새벽부터 했다. 그러다가 군에 입대하여 내 한목숨 바쳐 나의 부모형제가 일어설 수 있다면 기꺼이 내 한목숨 버린다는 각오로 월남전 참전에 지원했다. 그 전쟁 참전 수당으로 나의 부모님과 동생들 생활비와 학비를 보태고 무사히 귀국한 것이다, 死卽生(사즉생=죽고자 하면 살고), 生卽死(생즉사=살고자 하면 죽을 것)라고 하였던가? 죽을 각오로 전쟁터에 뛰어든 내가 살아서 돌아온 것이다.

다시 한 번 큰 각오로 〈은성광업소〉 석탄 채굴 막장에 뛰어들어 3개월 석탄을 캐고 퇴직하여 그 퇴직금과 월남전 참전 후 귀국 수당 모두를 합쳐 고향 부모님에게 조그마한 농토를 사 드리고 단신으로 대구로 나와 공장 일을 하다가 경찰관(순경) 공개 채용 시험에 합격하였으나 고등학교 졸업장이 없어서 임용되지 못했다. 다시 2년에 걸쳐 고등학교 졸업 검정고시 시험을 보아 합격한 후 재차 경찰관 공개 채용 시험에 합격하여 정년퇴직까지 하게 되었다.

나는 경찰관으로 재직 중에도 나의 여동생을 간호 보조 학원에 보내 자격증 취득 후 달성군 보건소 공무원이 되도록 하였고, 남동생들은 달성군 청원 경찰관과 상주시에 모두 모두 일자리를 잡는 데 초석이 되어 주었다. 그 결과 우리 집은 모두가 공무원 가족으로 변모했고, 부모님의 자식 걱정 하나는 덜어 드렸다.

나의 이 이야기는 내 공치사를 위한 것이 아니다. 어릴 적 부모님 마음을 헤아리지 못했다는 죄책감과 지금까지 나를 지탱해 온 나의 생활신조 "부모에게 하는 효도도 형제간의 우애도 내가 능력을 갖추어 도와줄 수 있을 때 가능하다."는 말을 하고 싶어서다.

그대! 지금 환경이 어려운가? 하고자 하는 일이 제대로 되지 않는가? 도와주는 사람이 없어 외로움을 느끼는가? 삶은 모두가 자기의 삶을 스스로 만들어 간다……. 외로워하거나 서러워하지 말고 어금니를 꽉 깨물고 일어서라. 그러면 친구도 오고 형제도 찾아올 것이다. 부디 빨리 일어나 능력을 갖추고 나서 베풀 수 있는 삶을 살아 보길 바란다. 그때가 되면 눈앞에 있는 세상은 더 할 수 없이 아름다울 것이다.

*내가 지낸 시간은 〈조네타 맥스웨인〉에 비하면 아무것도 아니었다.

*〈조네타 맥스웨인〉의 이야기(P64~67)는 사람이 자신의 가치를 깨닫고 그것을 높이기 시작하면 인생이 어떻게 달라지는지를 잘 보여 준다.

인생에 계획과 목적이 없으면 다른 인생의 조연으로 전락해 버린다. 무엇보다 자신의 인생을 살아가길 바란다. 엉뚱한 길로 향하는데 속도를 내면 큰일이 난다. 앞으로 나아가더라도 잠깐 멈춰 서서 뒤돌아보며 필요하다면 진로를 바꾸는 것도 필요하다. 이것은 길을 이야기하는 것이 아니라 삶의 생각과 행동을 이야기하는 것이다. 부단히 애씀과 끈기 있게 기다리는 것을 배우려면 농부를 생각하길 추천한다. 그들은 한 톨의 쌀을 생산하기 위해 1년을 애쓰고 기다린다. 그 1년에는 찌는 듯한 더위와 비바람, 살을 도려내는 듯한 추위가 함께하고 있는 것이다. 나는 농부가 존경스럽다.

단시간에 많은 일을 하려고 하면 열에 아홉은 원하는 결과를 얻지 못한다. 그렇게 되면 자연스럽게 의욕이 떨어진다. 의욕을 높이는 비결은 간단한 것부터 시작하는 것에 있다. 성공은 대체로 어마어마한 행운이 아니라 단순하고 점진적인 성장에서 비롯된다는 것을 기억하길 바란다. 나의 아들과 딸에게 수시로 당부한 말이 있다. 그 말은 "요행을 바라지 말라!"는 것이다. 사람이 요행에 기대 버릇하면 노력을 멀리하고 일순간에 어떤 성공(속된 말로 대박)을 꿈꾸게 된다. 그런 세상은 없다. 작은 성과가 큰 성장을 가져오는 것이다. 거듭 당부해 본다. 요행에 기대지 말라!

인생에서 속도는 중요하지 않다. 자신의 속도로 인생을 살아가되 천천히 꾸준히 나아가길 바란다. 성장이란 어떤 것일까? 라는 생각을 해 본다. 나는 능력을 기르는 것으로 본다. 그리하여 가족과 지역과 사회에 공헌하며 베푸는 삶을 살아야 바르게 성장했다고 믿는다.

나는 나의 딸이 성공보다는 성장이라는 말을 마음속에 새겨두고 있음을 보았고 그때 나의 딸이 진취적이고 많이 성장했음을 느꼈다.

나는 작은 느티나무 목판에 "능력을 길러 베풀 수 있는 삶을 살아라."라고 써 주면서 아이들이 이런 삶을 살아 주었으면 하고 기도하는 마음으로 늘 지켜보고 있다.

열일곱 번째 노트

격언이 주는 힘

성공에는 아무런 속임수도 필요 없다. 나는 언제나 주어진 일에 전력을 다했을 뿐이다.

— 엔드루 카네기

다른 사람이 성공한 일은 언제든지 누구나 성공할 수 있다.

— 앙투안 드 생텍쥐페리

나무가 단단한 뿌리를 갖도록 하는 것은 사나운 비바람이다.

— 조지 하브

좋은 나무는 좋은 열매를 맺는다.

— 랭런드

우리의 삶은 우리의 생각의 결과이다.

— 석가모니

목표를 보는 사람은 장애물을 겁내지 않는다.

— 한나 모어

타인에게 베풀면 베풀수록 자신에게 득이 된다.

— 노자

사람은 자기의 꿈을 가져야 하며 새로운 목표를 향해 나아가기를 멈추지 않아야 한다.

— 모리스슈발리에

개미 한 마리가 보리 한 알을 물고 담벼락을 오르다가 69번을 떨어지더니 70번째 목적을 달성하는 것을 보고 용기를 얻어 적과 싸워 이긴 옛날 영웅 이야기가 있다. 이는 천고에 걸쳐 변치 않는 성공의 열쇠다.

— 스코트

아는 사람은 좋아하는 사람을 이길 수 없고 좋아하는 사람은 즐기는 사람을 이길 수 없다.

— 논어

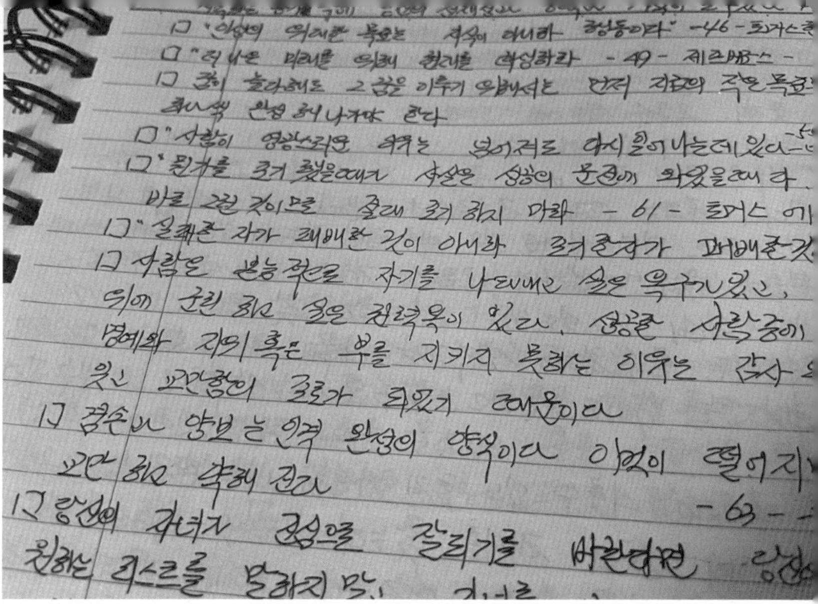

꿈을 품고 무엇인가 할 수 있다면 그것을 시작하라. 새로운 일을 시작하는 용기 속에 당신의 천재성과 능력과 기적이 모두 있다.

— 괴테

인생의 위대한 목표는 지식이 아니라 행동이다.

— 토모스 헨리 헉슬러

더 나은 미래를 위해 현재를 희생하라.

— 제프 베조스

사람이 영광스러운 이유는 넘어져도 다시 일어나는 데 있다.

— 넬슨 만델라

뭔가를 포기했을 때가 사실은 성공의 문전에 와 있을 때다. 실패란 바로 그런 것이므로 절대 포기하지 마라.

— 토머스 에디슨

실패한 자가 패배한 것이 아니라 포기한 자가 패배하는 것이다.

— 피델로니

겸손과 양보는 인격 완성의 양식이다. 이것이 떨어지면 사람들은 교만하고 약해진다.

— 존 러스킨

자기 자신 속에서 자기 마음을 찾지 못하면 밖에서도 찾을 수 없다.

— 라로슈푸코

돈에 대한 격언

사람의 진정한 재산은 세상을 위하여 행한 선행이다.

— 마호메트

먼 곳을 항해하는 배가 풍파를 만나지 않고 조용히만 갈 수는 없다. 풍파는 언제나 전진하는 자의 벗이다.

— 프리드리히 니체

부자가 되는 가장 가까운 길은 부를 경영하는 데 있다.

— 루시우스 세네카

믿음과 의지만 있다면 모든 것이 가능하다.

— 미국 속담

성공에 대한 격언

무슨 일이든 할 수 있다고 생각하는 사람이 해내는 법이다. 의심하면 의심하는 만큼밖에는 못 하고 할 수 없다고 생각하면 해낼 수 없다.

— 정주영

나는 거대하고 이룰 수 없는 도전 가운데 나를 던져 놓고 그것들을 극복하는 데서 삶의 재미를 찾는다.

— 리처드 브랜슨

항구에 정박해 있는 배는 안전하다. 하지만 그런 목적으로 만든 것이 아니다.

— 부토

보상을 바라지 않는 봉사는 남을 행복하게 할 뿐 아니라 자신도 행복해진다.

— 간디

인간의 가치는 얼마만큼 남에게 사랑받느냐보다 얼마만큼 주위에 사랑을 베푸느냐에 달려 있다.

— 에픽테스토

성공의 비밀은 목표를 향해 시종일관 나아가는 것이다.

— 디즈 레일리

나는 우연히 성공한 것이 아니라 꾸준한 노력으로 성공한 것이다.

— 헤밍웨이

우리는 성공보다 실패에서 더 많은 지혜를 배운다.

— 스마일스

당신은 시도한 일이 되지 않으면 실망하겠지만 시도조차 안 하면 영원한 실패자다.

— 버버리 실즈

서두르지 말고 작은 이익에 한눈팔지 말라. 서두르면 달성하지 못하고 작은 이익에 한눈팔면 큰일을 이루지 못한다.

— 논어

실패한 사람이 다시 일어서지 못하는 것도, 성공한 사람이 그 성공을 유지하지 못하는 것도, 모두 그 마음이 교만한 까닭이다.

— 석가모니

강한 사람과 현명한 사람에게 주어진 재능은 약한 사람을 박해하라고 준 것이 아니라 지도하고 도와주라고 준 것이다.

— 존 러스킨

행복에 관한 격언

돈에 집착하는 자는 비난받게 되어 있고 권력에 집착하는 자는 스스로 망하게 되어 있다.

— 장자

행복을 즐겨야 할 시간은 바로 지금이고 행복을 즐겨야 할 장소는 바로 여기다.

— 로버트 안젤손

어떤 사람은 늘 불행하다고 자탄한다. 행복이란 누가 주는 것이 아니라 스스로 깨닫는 것이다.

— 토스토에프스키

행복을 돈으로 살 수 있다면 벌써 백화점이나 마트에서 팔았을 것이다.

— 이외수

삶을 바라보는 인간의 방식은 그의 운명을 결정한다.

— 슈바이처

우리를 화나게 하는 것보다 우리의 분노가 더 많은 해를 끼친다.

— 레보크

나의 인내가 나의 힘보다 더 많은 것을 성취하게 해 준다.

— 버크

건강에 대한 격언

인간의 행복은 건강에 의해 좌우되며 건강하기만 하다면 모든 일은 즐거움과 기쁨의 원천이 된다

— 아르투어 쇼펜하우어

행복은 무엇보다 건강 속에 있다.

— G. W 커티스

행복을 보고도 놓쳐 버리는 여러 방법 중에 가장 끔찍한 방법

은 행복을 누리면서도 믿지 않는 것이다.

— 아루트르 슈니츨러

나눔에 대한 격언

겸손한 사람은 모든 사람으로부터 호감을 산다. 우리는 누구나 호감을 사는 사람이 되려고 한다. 그런데 왜 겸손한 사람이 되려고 노력하지는 않을까?

— 톨스토이

현재 자기에게 주어진 환경을 늘 고맙게 생각해야 하며 결코 세상이나 고난을 원망하지 말라.

— 알랑

어떻게 살아야 옳고 훌륭한 삶인가를 말하는 것도 중요하지만 그것을 실천하는 것이 더욱 중요하다.

— 탈무드

나는 한두 달 전에 나의 딸 미란이와 사위 될 사람 연만 군에게 느티나무 판자에 "능력을 길러 베풀 수 있는 삶을 살아라!"라는 글 귀 하나 써 준 일이 있다. 그리고 내가 살아오면서 또는 책을 읽으면서 생각해 오던 것이 있다면 첫째, 모든 것은 마음속에 있다. 둘째, 배워라. 셋째, 행동하라.(베풀어라)라고 요약

될 수 있을 것이다.

오늘은 투석 치료를 받으면서 나의 아들딸에게 '카카오톡 문자'로 이런 제안을 하나 해 보았다. "너희들 각자가 어려운 이웃을 돕던, 사회에 기부를 하던 30만 원 범위 내에서 좋은 일을 하고 난 후 연락을 주면 그 비용은 아버지가 바로 입금시켜 주겠다."고 했다. 물론 내가 직접 해도 될 일이다. 그러나 이제부터는 나의 자녀들이 이 사회를 위해 무엇인가를 할 수 있다는 것을 몸과 마음으로 익혔으면 하는 생각에서였다.

1년에 한 번이라도 어려운 이웃들의 추운 겨울나기를 생각해 보라! 아직도 연탄 몇 장이 부족해서 냉방에서 지내는 아이들이 있을지도 모른다. 아버지가 살아 있을 때까지는 이 비용은 아버지가 준다. 이런 내용이었다. 처음에는 어디에 어떻게 해야 할지도 모르고, 너무 적은 금액이라 쑥스럽기도 할 것이며, 너무 작은 일이라는 생각에 부끄러울지도 모른다. 그러나 해 봐야 안다! 안 해 보면 모른다!

나의 제안은 없던 일이 되고 말았다. 이 기록을 워드에 옮기는 오늘 이 순간까지 아이들은 대답이 없기 때문이다. 억지로 권하거나 재촉하지 않기로 마음먹었다. 무엇이든 하고 싶어서 해야 한다. 그러나 나로서는 궁금한 것이 있다. 너무 작아 부끄러워 안 했을까? 아니면 안 해 봐서 몰라서 못 하는 걸까?

열여덟 번째 노트

역사는 판단하지 않는다

역사는 언론과 비슷한 맥락을 가지고 있는 것 같다. 이런저런 일이 있었다는 사실(팩트)을 전달하고 나면 그 사건에 대한 해석을 하기 시작한다. 해석에는 개인의 여러 종교, 정치, 철학적 견해들이 포함되게 마련이다. 여러 극단적인 갈등이 만연한 대한민국에 역사는 종종 힘 있는 자들에게 이용당해 왔다. 그들의 입맛대로 재단된 역사는 국민들을 우롱하며 세뇌시켜 왔지만 손바닥으로 하늘을 가릴 수 없듯이 시간이 지나고 나면 은폐되었던 여러 사건들이 수면 위로 올라와 우리를 놀라게 했던 것이 한두 번이 아니다. 지난 대한민국의 역사를 돌이켜 보면 외세와 지배층으로부터 국민들이 얼마나 많은 핍박을 받으며 살아왔는지 알 수 있다. 그리고 현대에 이르러 상황이 얼마나 달라졌는지 살펴볼 필요가 있다. 우리는 과거와 얼마나 달라졌으며 우리의 삶은 얼마나 개선되었는가? 나는 현재의 대한민국이 상식적인지 묻고 싶다. 개선해야 할 여러 문제들이 산재해 있음에도 손 놓고 있는 것은 아닌지 반추해 볼 일이다. 미래의 후손들은 21세기 우리의 삶과 역사를 어떻게 평가할까? 그들에게 우리는 떳떳한 삶을 살아가고 있는지 생각하며 보다 나은 세상을 만들어 가야 하지 않을까라는 생각을 해 본다.

일본으로부터 식민 지배를 받던 때로부터 80여 년이 지났다. 2차 세계 대전이 끝나고 당시의 상황을 잠시 살펴보면 일본에 대한 전범 재판이 열렸고 재판에 참가했던 11개 국가 중 식민지 보유 국가가 다수였기 때문에 일본의 식민지 지배에 대한 소추는 도쿄 재판에서 재외되었다. 이것은 1905년 가스라 태프트 협정을 통해 일본의 식민지 지배를 인정했던 서구 열강들 또한 일본과 같은 죄목으로 자신들에게 화살이 돌아올 것을 염려했기 때문일 것이다. 침략 전쟁의 실질적 지도자인 일본 천황은 진술조차 받지 않고 면책되었으며 전쟁을 결정하고 수행한 A급 전범 용의자 28명 중 7명이 교수형에 처해졌고 나머지는 증거 불충분으로 석방되었다. 석방된 전범들은 정부 요직에서 활동하였다. 생체 실험 정보를 미국에 넘거주는 대가로 731 부대 만행은 은폐되었다. 이 재판은 역사상 최악의 위선으로 기록되었다. 조선인들은 일본군으로 끌려갈 때도 국가와 민족의 보호를 받지 못했으며 전쟁이 끝난 뒤에도 남의 죄까지 뒤집어쓰는 억

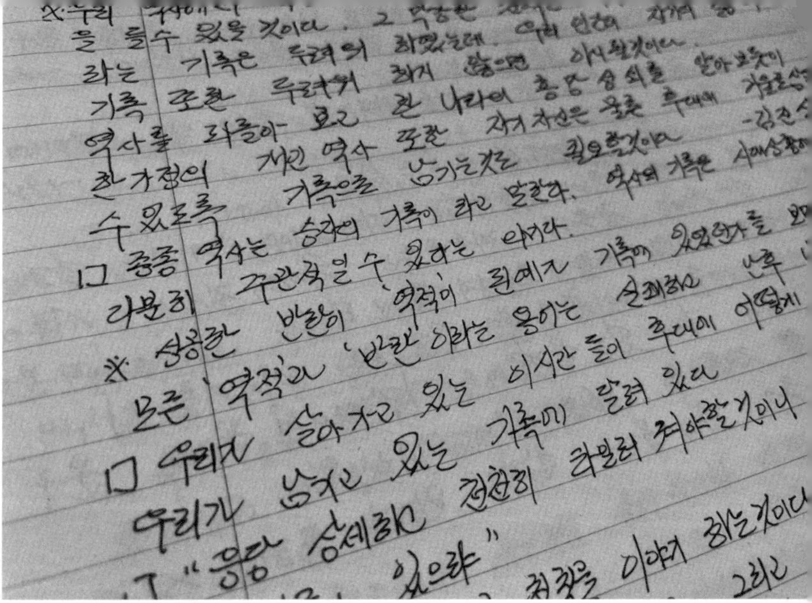

울한 위치에 있었다. 이것이 1946년의 상황이었다.

지금 이 즈음, 이 대목에서 당신의 생각은 어떠한가? 이것이 일제 식민지 지배를 살았던 우리 민족의 현상이요 우리를 지배했던 일본의 수단이었다. 그들(일본)을 보라! 그렇게 참혹한 세계 전쟁을 자행하고도 자기 민족과 지도자는 감추고 보호하는데 우리 지도자는 개인의 영달을 위해 일본의 앞잡이가 되어 자기 민족을 괴롭히는 데 앞장서 왔음을 알 수 있지 않은가? 나는 이렇게 생각한다.

이 나라의 역사는 백성이 지켜 왔다. 스스로의 의병 활동이 그러했고, 독립군의 활동이 그러했다. 그러나 오늘까지 이 나라의 고위 관직은 누가 차지하고 있는가? 의병과 독립군의 후손은 드물고 옛날의 관료 후손들이 대다수를 차지하고 있지 않은

가? 이런 데도 그들이 이 민족 앞에 어깨 펴고 활보할 수 있다는 것이 나는 이상하다.

나의 자녀들에게 당부한다. 개인이나 국가나 스스로를 보호할 능력이 없으면 무참히 짓밟히도록 되어 있다. 이것은 인류가 존재한 이후부터 인류 멸종의 순간까지 변함없는 사실인 동시에 인류가 안고 가는 역사다. 너희들의 능력부터 키워라! 그래야 미래가 있다. "능력을 길러 베풀 수 있는 삶을 살아라!"는 목각 글씨는 내가 생각 없이 무심코 써 준 것이 아니다. 이 글자 속에 너희들이 나아가야 할 목표점이 있는 것이다.

법과 정의는 시대를 불문하고 사회 유지를 위해 갖춰야 할 핵심적인 가치들이지만 우리 자신을 포함하여 우리의 세계는 생각보다 상식적이지도 정의롭지도 못하다. 힘 앞에서는 어떤 정의도 판단도 할 수 없는 것이 현실이며 인간 세상의 이치인 것이다. 하지만 우리는 지금껏 그래 왔듯 끊임없이 정의를 이야기하며 그들에게 대항해야 한다. 영원한 권력은 없고 역사는 그들을 기억하기 때문이다.

나의 아들 딸들에게 당부한다. 역사를 잊은 개인이나 국가는 미래가 없다. 그리고 역사적으로 볼 때 능력이 없는 개인이나 국가는 짓밟혀 왔다고 말해 주고 싶다. 개인의 능력은 그 사람이 어떤 사람과 함께하고 있는가를 보면 안다. 옛날부터 끼리끼리 논다고 했다. 능력을 길러 베풀 수 있는 삶을 살아라! 너희가 능력을 갖추면 멀리 떠난 친구도 찾아오고 모르는 사람도 친구 하자고 찾아올 것이다. 이런 것이 너희가 '선택받기를 바라는 삶'이 아니라 '선택할 수 있는 삶'을 사는 것이다. 이 말은 남이 너희에게 주기를 바라지 말고 너희가 남에게 줄 수 있는 삶을 살라는 것이다.

열아홉 번째 노트

명문가의 자녀 교육법을 들여다보다

『5백 년 명문가의 자녀 교육』은 인성 교육과 생활 교육을 중시했던 역사 속 위인들의 자녀 교육 방식을 소개하고 있다. 서애 류성용 종가, 퇴계 이황 종가, 다산 정약용 가 등 지조와 자긍심으로 대한민국 대표 명문가의 노하우를 엿볼 수 있다.

부모는 되기 쉽지만 부모 노릇 하기는 쉽지 않다는 옛말이 있다. 부모로서 올바르게 그 역할과 소임을 다하기는 생각보다 만만치 않기 때문이다. 예전에는 집 안에서 할아버지 할머니가 한 집에 살며 부모가 하지 못한 역할을 채워 주기도 하였지만 오늘날에는 생활 방식이 달라지며 부모가 자식을 올바르게 교육하지 못하면 아이는 추락하고 마는 경우가 많다. 앞서 밝힌 것처럼 아이는 부모의 등을 보고 배운다. 자녀 교육의 세계적 명가로 미국의 케네디 가를 꼽기도 한다. 케네디 가는 저녁을 먹으며 뉴욕타임스 기사에 대한 토론을 벌이는 '식탁 교육'으로 유명하다. 이런 교육을 받은 케네디는 젊은 나이에 닉슨을 압도하며 대통령에 당선되었다. 우리나라에 대대로 내려오는 명문가 중 퇴계 이황 가는 500년 전부터 '인맥 네트워크'를 중요시하였고 서애 류성룡 가는 평생 책 읽는 모습을 자녀들에게 보여 주며 이후 8대에 걸쳐 후손들이 벼슬길에 올랐다.

아무리 재산을 많이 가졌더라도 제대로 자녀 교육을 하지 않으면 재물은 모래성에 지나지 않는다. 자녀 교육에 원칙이나 철학이 없다면 그 후손들은 위기에 봉착하며 이를 이겨 내려고 하지 않을 것이며 불의와 타협하려 들 것이다.

자녀 교육에 있어 독서의 습관은 그 무엇보다 중요한 것으로 여겨진다. 풍산 류씨, 류성룡 종가의 가풍은 "책 읽는 아버지가 돼라! 9대째 공직은 이유가 있다."라고 한다. 미국의 교육과학연구소가 2002년 발표한 보고서에 이르면 미국 사회 지도자들은 초등학교 시절에 좋은 책을 많이 읽었다는 공통점을 갖고 있는 반면 범죄자들은 대부분 책을 읽지 않거나 가치 없는 책들을 읽은 것으로 나타났다고 한다. 서애 류성룡은 평생을 청렴결백하게 살았다고 한다. 세상을 떠날 때에는 장례비도 없었고 관직에 있을 때도 집 한 칸이 없어 전셋집을 살았다고 한다. 요즘 대한민국 부자들은 베푸는 것에 인색하다. 이 때문인지 한국에 부자는 많아도 명문가는 흔하지 않은 듯하다. 자녀에게 올바른 독서 습관을 길러 주는 것으로도 자녀 교육의 절반은 이룬 것이라 생각한다. 미국의 조사와 마찬가지로 한국교육개발원 보고서에서도 고등학교 성적 상위 10% 이내인 학생들은 독서광이라고 한다. 퇴계 이황은 "어디에 있든 독서를 게을리 하지 않아야 한다."고 했으며 정약용은 유배지에서 아들에게 "집안이 몰락해도 자신과 가문을 일으키는 방법은 독서밖에 없다."고 호소했다. 빌 게이츠 또한 "하버드 졸업장보다 독서하는 습관이 더 중요하다."고 밝힌 바 있다. 이스라엘에서는 학생이 13년 동안 1만 권의 책을 읽는다고 한다. 유대인들에게는 이런 속담이 있다. "잉크가 옷과 책에 묻었다면 책에 묻은 잉크부터 먼저 닦아라.", "지갑과 책이 땅에 떨어져 있다면 책을 먼저 주워라." 유대인들은 그만큼 독서와 책을 중요시했다. 우리는 책을 들고 가다가 비가 오면 책으로 머리를 가리며 우산 대신 사용하기도 한다. 아이들에게는 책의 소중함을 일깨워 줄 필요가 있다.

진성 이씨 퇴계 이황 종가의 가풍은 "훌륭한 친구와 함께 공부하라."이다. 공부에 뜻이 있는 아이끼리 네트워크를 만들 것을 강조했다. 퇴계 또한 제자와 자손들에게 학문을 권장하기 위한 표현으로 "어떤 곳에서든 독서를 멈추지 말고 항상 공부하여 배워야 한다."고 말했다. 퇴계는 자식들이 조금만 느슨해도 "진

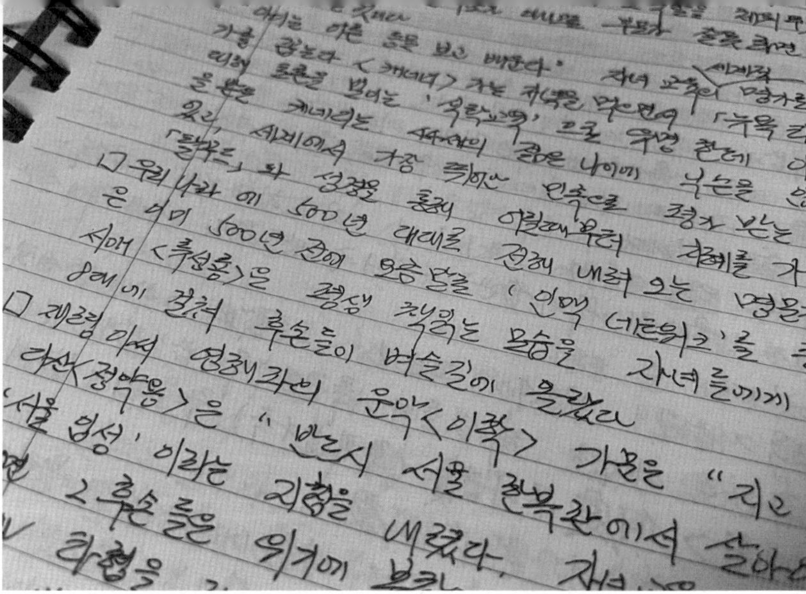

보가 없으면 퇴보한다."고 호통을 쳤다고 한다. 배운 것을 실천하고 겉과 속이 다르지 않게 하는 것이 학문이라며 학문의 길을 택하면 재산을 모으는 것에 몰두해서는 안 된다고 했다. 특히 이식(이자 놀이)을 금지한다는 금신삭(禁殖産)을 좌우명으로 남기기도 했다.

예나 지금이나 인맥은 성공의 가장 큰 밑천이 되며 부모는 자식에게 있어 가장 큰 인맥이 되는 것임을 명심해야 한다. 그 사람을 알려면 그 사람 주위에 누가 있으며 그가 어떤 사람과 어떤 행동을 하는가를 보게 될 것이며 주변 사람들을 보게 되면 그 사람의 미래와 현재, 과거까지 알 수 있다. 주변에서 흔히 형제, 친구 또는 그 어떠한 관계에서 본인이 능력(물적 혹은 지적)이 없으면 무시당하기 쉽고 또 무시당하는 사람들을 보면 자기 능력이 따르지 못하면서 대우해 주지 않는다고 불만인 경우를 종종 볼 수 있다. “능력을 갖추라.”는 내 말을 기억하길 바란다.

이 책을 읽으면서 나는 나의 아버지를 몇 번이나 떠올렸는지 모른다. 나의 아버지께서는 당신의 자식 6남매의 이름과 손자 12명의 이름을 직접 지으셨다. 또 돌아가시기 전까지 안경을 끼지 않으시고 신문과 책을 항상 읽으셨다. 지금도 나는 아버지의 그 모습이 눈에 선하다. 이제 나도 아버지와 같이 손자의 이름을 작명하는 나이가 되었다. 책은 몇 권 읽고 있지만 막상 나의 손자들에게 이름 하나 지어 줄 수 있는 학문을 지니지 못하고 있다. 또 나의 아버지께서 우리를 양육하시던 교육 정신마저도 본받지 못하고 조급한 마음이 항상 든다. 나의 아버지께서는 우리 6남매를 기르시면서 조금도 조급해하시거나 나무라시거나 상스러운 언행 한 번 하신적 없이 그저 묵묵히 기다려 주셨다.

내가 나의 손자들을 어떤 방법으로 교육시켜야 할지 고민하게 한다. 더 많은 책을 읽고 격대교육(隔代教育)만은 실천해 보고 싶다. 이 책은 나의 아들딸은 물론 나의 아내까지 한 번쯤 읽어 보라고 권했다. 당신의 미래는 자녀 교육에 달려 있다. 당신은 자녀를 어떻게 양육할 것인가? 일면 궁금하고 일면 가슴 두근거리는 삶의 진정한 과제가 아니겠는가?

스무 번째 노트

부자는 빚을 지지 않는다

루즈벨트는 영광의 삶을 경험하고 싶다면 과감해져야 한다. 설령 실패하더라도 어정쩡한 삶을 산 이들보다는 훌륭하다고 말했다. 경제적으로 큰 성과를 이룬 사람들은 어떤 경제적 관념을 가지고 있을까? 100명의 부자들 가운데 60%는 절대로 빚을 지지 않는 편이고 15%는 급할 때만 빚을 지는 편이며 25% 정도가 빚을 내더라도 큰 수익을 낼 수 있다면 빚을 내야 한다고 말했다. 나의 경험으로 미루어 보아 부동산에 투자하거나 내 집 마련을 해야 한다면 부동산 구입 비용의 30%~50%까지는 대출을 받아 구입할 필요가 있다고 본다. 부동산 구입을 전액 현금으로 마음먹는다면 대부분 부동산 시가나 상승분을 따라가지 못하며 전세금 인상 폭도 따라잡기 힘든 것이 현실이다. 내 집 하나부터 마련되어야 다른 부담이 줄어드는 것은 분명한 사실이다. 대다수의 사람들이 직장 생활이 싫어서 "장사나 할까?"라고 생각하지만 장사라고 어디 쉬운 것인가? 대부분의 사람들이 "나는 장사 수완이 없다."고 판단하여 생각에 그치는 경우가 허다하다. 하지만 성공한 사업가들을 보면 수완보다는 '성실과 신용'을 중요하게 여긴다고 한다. 중국 고사에 무신불립(無信不立)이라는 말이 있다. 신용을 잃으면 설 곳이 없다는 것이다. 가만히 생각해 보라. 약속이 지켜지지 않는 사람과 함께할 일이 있는가? 상공회의소에서 상인들을 대상으로 설문 조사를 하였는데 이들 중 75%가 '신용'을 성공의 중요 조건으로 꼽았다고 하고 수완은 15%에 불과했다. 진리는 언제나 가까운 곳에 있다. 평범한 원칙이 백 가지 요령보다 낫다는 의미다. 신용이 없으면 어떤 기회도 찾아오지 않는 법이다. 상인이 돈을 잃는 것은 재산의 일부를 잃는 것이지만 신용을 잃으면 인생 전체를 날리는 것이라 한다. 부자들이 주변 사람으로부터 가장 많이 듣는 말은 "성실하다."였다고도 한다. 신뢰와 성실이 사업가들에게 있어 필수 덕목으로 꼽히는 이유는 말하지 않아도 잘 느낄 것으로 생각한다. 자수성가한 사람치고 게으른 사람은 없다.

부자들이 임대업을 1위로 꼽는다고 하는데 이것은 그 구조를 유심히 보면 알 수가 있다. 임대업은 보증금이 있고 담보가 되며 토지 시가의 상승분이 있어 임대료 수입으로 현상 유지만 해도 보증금 재투자와 부동산 시가 상승분이 남기 때문이다. 부자

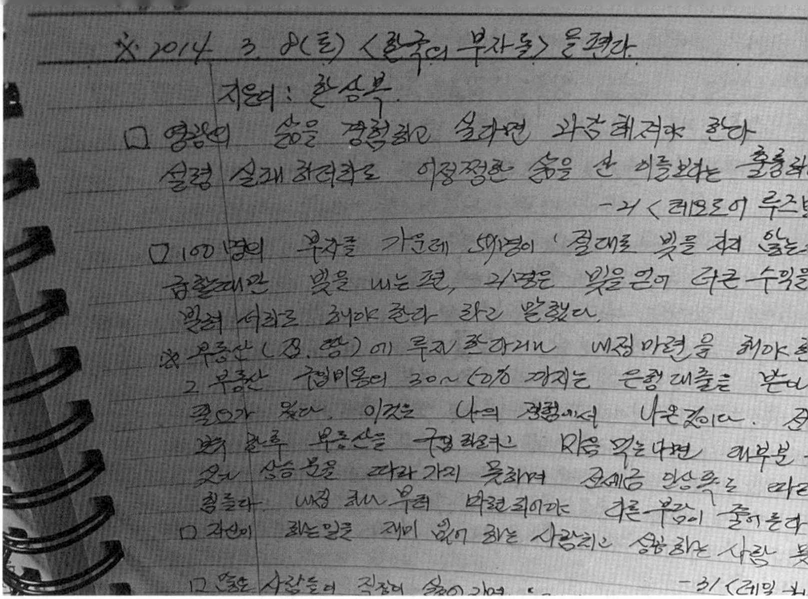

들을 '셋방 주인'으로 표현하는 것도 비슷한 맥락이다 그 규모에 따라서 수십억 수백억이 되는 것이다. 은행에 돈을 맡기면 이자밖에 받지 못하지만 부동산을 사면 일부는 보증금으로 돌아오고 이자보다 훨씬 높은 월세를 받게 된다. 중요한 것은 부동산은 가격이 오르지만 돈은 값이 오르지 않는다는 점이다.

기업을 세워 성공할 확률은 매우 낮다고 한다. 신설 기업이 5년 이상 살아남을 확률은 5% 미만이라고 한다. 대부분 5년 안에 폐업한다고 한다. 사업체를 설립하여 성공한 부자의 경우는 40%가 효율적인 경영 관리가 성공의 포인트였다고 말한다고 한다. 경영에는 돈 관리가 제일 중요하다는 것이다. 이 때문에 부자들은 돈에 대하여 '받을 돈은 빨리' '줄 돈은 천천히'를 고수하는 것인지 모르겠다. 또한 대다수의 부자들이 가족으로부터 자린고비 취급을 받는다고 하는데 여기서 기억나는 것이 하나 있다.

1997~1998년쯤일 것이다. 당시 IMF를 겪던 시기였는데 내 집에 전화(633-5665)를 통신비 절감을 위해 수신 전용으로 바꾸고 전화를 걸 때는 아파트 단지 내 공중전화를 이용하도록 한 바 있다. 그때 나의 아내와 자녀들은 "아빠 너무하다." 또는 "대한민국에 집 전화 놔두고 공중전화 쓰는 집은 우리 집밖에 없을 것." 이라며 나를 원망한 바 있다.

그렇게 해서 지금 이만큼이라도 왔다. "없으면 생길 때까지 쓰지 말라!", "빚과 외상, 월부는 지지 않는다."는 것이 나의 생활 정신이다. 부자들의 씀씀이를 보아도 월 소득의 30% 이상을 생활비로 쓰는 부자는 100명 중 4명뿐이라고 한다. 이 대목을 읽고 이렇게 반론을 제기할 수도 있을 것이다. 월 소득이 1000만 원인 부자의 30%(300만 원)생활비는 월 300만 원 소득자의 전액을 쓰는 것과 같다. 어찌 생활이 어렵겠는가?라고 말이다. 하지만 그렇지 않다. 1000만 원 소득자도 쓰기 시작하면 그 돈도 모자란다. 그것이 사람의 욕심이요 허영이다. 부자는 소비를 조절하지 못하고는 부자가 될 수 없다. 300만 원 소득자도 100만 원으로 생활하면 할 수 있다. 또 처음 모을 때는 그렇게 해야 한다. "조금 더 벌면 모으지……." 하면 그때가 되면 또다시 다음으로 미루게 되고 그것이 반복되면 영원히 헤어나지 못하게 되는 것이다. 소비와 욕심은 끝이 없다. 그리고 돈 거래와 관련해서는 가까운 사람일수록 조심해야 한다. 꼭 빌려 주어야 하거나, 꼭 보증을 서 주어야 할 정도로 친분 관계를 가진 사람이라면 빌려주거나 보증을 서 줄 것이 아니라 '보증 보험 비용'을 제공하여 '보증 금융'에서 빌릴 수 있도록 도와줘라.

이것도 어디까지나 꼭 해 줘야 할 사람에게, 꼭 필요한 범위 내에서, 당신의 능력만큼만 하라는 것이다. 대개의 경우 거절이 힘들다. 그러나 냉정해야 한다. 이렇게 한번 생각해 보는 것도 도움이 될 것이다. 내가 그 친구에게 보증을 부탁한다면 그는 어떻게 했을까?

나는 『한국의 부자들』을 끝까지 읽으면서 궁금한 점이 하나 생겼다. 왜? 돈 많은 사람들을 보고 부인(부인=인=사람)이라고 하지 않고 부자(부자=자=놈)라고 놈 자(者) 자를 썼을까? 하는 점이다. 아마 돈을 모은 사람은 그만큼 사람으로 불릴 만큼 존경은 못 받아야 모을 수 있는지도 모른다. 보통 존경받는 사람에게는 사람 인(人) 자를 써서 성인, 현인이라고 부르는 것을 보아도 그런 것 같다.

이 책을 통해 부자가 되는 길로 대다수는 부동산(매매,임대)을 선택하였다는 점이다. 부동산업은 임대를 할 때 주거용-상업용-업무용 빌딩으로 키운다는 점이다. 부자가 되는 단계는 처음에는 모으고-다음에는 키우고-최종적으로 베푼다는 것이다. 아마 모으고 키울 때까지는 자(者)라 불릴지도 모른다. 진정 큰 부자가 되어 베풀기 시작하면 인(人)이라 불릴 것이다. 이때는 현인, 덕인이라 불러도 좋다는 뜻일 것이다.

돈을 벌거나 쓸 때는 큰 저수지에 가 보라고 권하고 싶다. 큰 호수의 물은 가득 차야 비로소 내보낸다. 만일 호수 제방에 작은 구멍이라도 생겨 물이 새기 시작하면 그 구멍은 금방 커지며 제방은 무너지며 물은 거침없이 빠지고 만다. 돈이 새 나가는 것도 이와 같다. 모을 때는 눈덩이처럼 처음에는 작고 단단하게 뭉치고 굴려서 키우되 가둘 때는 호수에 물을 가두듯 제방에 새는 곳이 없어야 한다. 헛돈 쓰지 말라는 것이다. 헛돈이란? 허영과 사치를 말한다.

스물한 번째 노트

최고의 가르침

교수는 가르침을 준다는 뜻이다. 한문 그대로 풀이를 해도 분명한 답이 나온다. 가르칠 교(敎) 줄 수(授) 가르친다는 것은 배움을 함께할 때 지속할 수 있다. 오늘의 가르침이 내일은 필요 없는 지식이 될 수도 있기 때문이다. 배우면서 가르치고 가르치면서 배운다는 것, 즉 학생이 선생이고 선생이 학생인 것이다. 배운다는 것은 천 년의 노력을 1초로 당기는 길이다. 왜냐하면 지금 배운 것은 천 년 전에는 모르던 일이었고 지금 아는 것은 천 년 전부터 누군가의 노력들이 쌓여 학문과 지식으로 된 것을 1초 만에 알게 된 것이기 때문이다.

『최고의 교수』에 따르면 피츠버그대 국제정치학과 교수 도

널드 골드스타인은 교수라는 직업은 자신이 아는 것을 가르치는 것이 아니라 학생들이 알 수 있도록 가르치는 것이라고 말했다. 가르침의 목적은 학생들을 공부하도록 하는 것이지 함정에 빠뜨리는 것이 아니라고 했다. 훌륭한 교수는 가르치는 일을 진심으로 즐겨야 하며 학생들에게 아직 기회가 있다는 것을 알려줘야 한다고 강조했다. 학생에게 스승이란 곧 동기 부여가 되는 촉진제이며 지식 전달에서 그칠 것이 아니라 그것을 체득하고 진심으로 깨달을 수 있는 수준이 되어야 한다는 것을 말하는 것 같았다.

동국대학교의 조벽 석좌 교수는 질문과 답에 대한 이야기를 들려주었다. 교수가 질문하고 스스로 답하면 최하급 강의 교수가 질문하고 학생이 대답하면 조금 좋은 강의 학생이 질문하고 교수가 답하면 바람직한 강의 학생이 질문하고 다른 학생이 답하면 최고급 강의다라며 강의를 준비하는 시간에 '학생들이 무엇을 답하게 할까?'에 초첨을 맞춘다고 한다. 조벽 교수는 학생들의 질문만 들어도 수업을 얼마나 이해했는지 알 수 있다고 전했다. 교육자의 한마디가 학생의 인생을 바꿀 수도 있다고 믿는 조벽 교수의 철학이 인상 깊게 남는다.

국내의 교육 환경을 생각해 보면 딱딱하고 교수의 일방적인

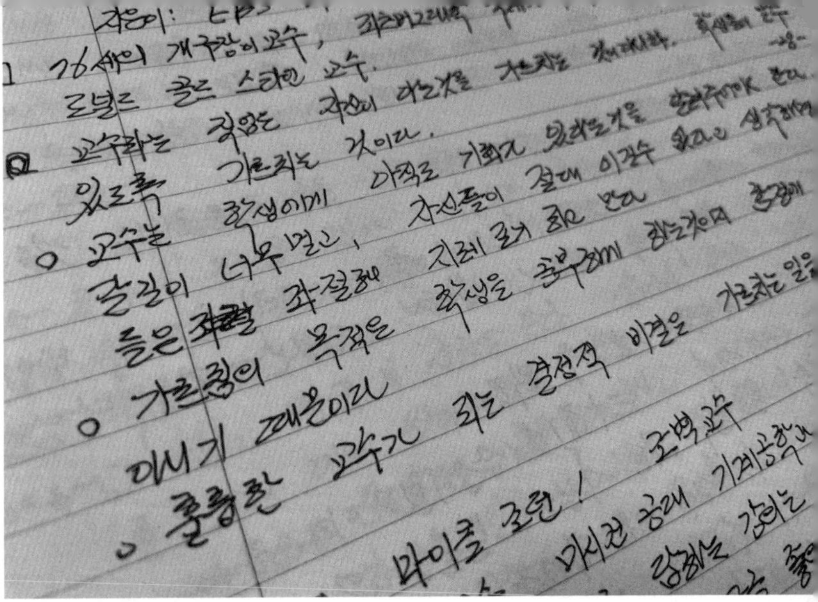

연설로 진행되는 경우가 많다고 생각한다. 학생들의 창의력과 수업 참여도를 높이기 위해서는 참관 수업 같은 인위적인 분위기에서 벗어나 학생 모두가 주체가 될 수 있는 방법을 찾아야 할 것이다. 학생들의 호기심과 도전 의식을 자극하는 것은 물론이고 답과 조금 다른 의견일지라도 모든 질문이 존중받는 분위기를 만들어야 할 것이다. 에릭 호퍼는 "진정으로 인간적인 사회란 조부모도, 부모도, 아이도 학생이어서 모두가 배우는 사회다."라고 말했다. '교육을 받았다.'는 것은 무엇을 얼마나 배웠느냐의 문제가 아니라 '생각하는 방식'이 바뀌었느냐 하는 것이라는 말이 기억에 남는다. 달달 외우는 암기에서 벗어나 학생들이 스스로 생각하는 방법을 알려 주어야 한다. 배운다는 것은 질문할 줄 안다는 것이고 인간은 질문과 고민을 할 때 가장 배움이 깊어진다고 한다.

교수는 학생을 가르치는 학생이 되어야 한다는 캔 베인의 말로 이글을 마치고자 한다.

스물두 번째 노트

어떤 유산을 남겨야 할까?

세계적인 석유 회사와 대목장을 소유하고 있는 대부호 레드는 유언장을 통해 망나니 손자 제이슨이 재산 상속을 받기 위해 한 달에 한 가지 수행할 과제를 남기게 된다. 무엇 하나 부족할 것 없이 자라며 감사함과 부족함 따위를 전혀 모르고 자란 손자를 위해 레드가 남긴 12가지 과제들은 삶의 여정에 있어 꼭 느껴 봐야 할 것들을 엄선해 골라 두었다. 최고의 유산을 상속받기 위해 할아버지가 시킨 과제들을 풀어 나가는 과정들을 바라보며 뭉클해지는 장면들을 마주하게 된다. 작지만 소중한 삶의 진면목들을 마주하며 성장해 가는 제이슨의 모습은 흥미진진하기도 하지만 죽어서도 손자를 생각하는 할아버지의 마음이 애틋하게 다가오기도 한다. 삶의 12가지 지혜를 서서히 깨달아 가며 일, 돈, 친구, 배움, 고난, 가족, 웃음, 꿈, 나눔, 감사, 하루, 사랑을 배우게 된 제이슨의 모습을 통해 우리가 잊고 있던 것은 없었는지 한번 생각해 봤으면 좋겠다.

『최고의 유산 상속 받기』는 첫째, 사람은 인생을 어떻게 살아야 하는지를 알려 주고 둘째, 자식은 어떻게 키워야 하는지를 알려 준다. 그 중심에는 선전한 생각과 감사의 마음이 존재한다. 나는 나의 아버지와 어머니로부터 '건강한 신체와 맑은 정신'이라는 유산을 물려받은 것에 대하여 항상 감사한다.

이 책의 옮긴이는 자식을 캥거루처럼 키우지 말라고 당부한다. 사랑하는 나의 자녀들아! 너희도 캥거루처럼 살아가고 있는 부분이 없는지 한번 되돌아보라! 그리고 너희들이 얼마나 많은 것을 갖고 있으며 얼마나 감사해야 할 것들이 많은지 생각해 보라!고 말해 주고 싶다.

200권 분량의 워드 기록을 하고 나서…….

오늘, 독후감이라는 이름을 붙인 이 기록을 다시 워드로 정리하기 시작하여 200권 분량을 정리했다. 처음 시작할 때 나의 딸과 사위가 '워드 작업은 자기들이 빠르니까 대신 해 주겠다.'는 것을 사양했었다. 그 사람들은 그 사람들대로의 일이 있으니까……. 속칭 '독수리 타법'으로 와도 여기까지 왔다. 독수리 타법이란? 독수리 부리처럼 두 손가락만으로 키보드를 치는 것을 말한다. 준마는 하루에 천 리를 간다고 자랑한다. 그러나 걷지 않는 준마는 조랑말만큼도 못 간다. 조랑말도 쉬지 않고 가면 걷지 않는 준마보다 천 리를 먼저 간다. 이제 노트에 기록된 것은 약 74권 분량만 옮기면 된다. 도서 목록 275번(위기십결)부터는 읽으면서 그때그때 바로 워드로 기록하고 있으니까 얼마 안 가 책 읽을 시간도 많아지고 정리도 훨씬 수월해질 것이다.

3부

꿈을 향한 여정에 타협은 없다

스물세 번째 노트

행복은 내면에서 자란다

『꾸뻬 씨의 행복 여행』 저자 프랑수아 를로르는 프랑스의 저명한 의사이자 심리학자이다. "행복의 첫 번째 비밀은 자신을 다른 사람과 비교하지 않는 것이다."라는 말이 가슴 깊이 와닿았다. 행복은 상대적이라는 사실을 우리는 너무 잘 알고 있다. 타인의 기준과 삶의 방식이 아닌 자신의 기준과 삶의 방식을 찾지 못한 사람은 스스로를 행복하게 만드는 방법을 평생 동안 깨닫지 못해 진정한 행복을 느끼지 못할 것이다.

이 책은 마음의 병을 앓고 있는 사람들을 치료하는 정신과 의사가 행복의 참된 의미를 찾아 여행을 떠난다는 내용을 담고 있다. 자신에 대한 진정한 이해와 화해가 이루어지고 세계와의 올바른 소통을 위해 노력할 때 행복의 순간이 찾아온다는 메시지를 담고 있다. 자아 탐색과 성장을 주제로 한 이 도서는 여행을 통해 자신을 발견하고 내면이 성장하는 과정을 보여 준다. 다양한 문화와 사람들을 만나며 자신만의 시각과 철학을 형성하는 모습을 통해 넓은 시야와 평화로운 마음가짐을 가지게 되는 모습을 볼 수 있었다. 자연과 소통하며 걷기, 요가, 실천 등으로 내면의 평화와 조화를 찾으려는 모습이 기억이 난다. 정서적인 안정을 찾으려는 모습이 그의 삶을 더욱 풍요롭게 하는 듯했다. 무엇보다 친환경 교통수단을 이용하고 재활용 및 에너지 절약 등 소중한 자원 보호에 대한 의식 확산에도 기여하는 모습을 보인다.

이러한 꾸빼 씨의 여행은 단순한 관광보다 더 큰 의미를 가지게 한다. 자아 탐색과 성장, 문화적 이해와 연결, 내면의 평화와 환경 보호 등 다양한 가치들을 담아내는 여정이다. 이러한 장면들로 하여 우리 개개인의 삶에서도 중요한 변화와 발전을 이룩하기를 이 책의 저자는 바라는 것 같다.

꾸빼 씨의 여행 장면 중 아프리카 대륙을 여행하며 작은 마을의 사람들과 소통하며 그들의 생활과 모습을 배우는 장면이 기억에 남는다. 어린 소년과 친구가 되어 언어와 문화의 장벽이 있음에도 불구하고 서로 이해하고 소통할 수 있는 방법을 찾아가는 장면은 많은 감동을 주었다. 소년과 함께 놀고 웃으며 서로에게 소중한 시간이 되어 주는 모습은 열린 마음으로 상대에게 다가선다면 언어와 문화적 배경을 뛰어넘어 진정한 영혼의 교류를 할 수 있음을 간접적으로나마 보여 주었다. 인간관계에 있어 이해와 예의를 바탕으로 서로에게 다가가야 하는 것이 얼마나 중요한 대목인지 다시 한 번 느낄 수 있는 순간이었다.

"진정한 행복은 먼 훗날 달성해야 할 목표가 아니라 지금 이 순간 존재하는 것입니다. 인간의 마음은 행복을 찾아 늘 과거나 미래로 달려가지요."

누군가가 나에게 "당신은 지금 행복한가?"라고 묻는다면 나는 "행복하다."라고 답할 것이다. 그가 다시 어째서 행복한가? 라고 묻는다면 나는 이렇게 답할 것이다.

첫째, 나를 낳아 주신 어머님과 내가 사랑하는 아내 그리고 자녀들이 건강하고 웃을 수 있으므로.

둘째, 우리 가족 모두가 입을 옷이 있고 먹을 음식이 있으며 몸을 누일 집이 있으므로.

셋째, 계절마다 강산의 아름다움을 볼 수 있고 꽃의 향기를 맡을 수 있으며 따스한 햇살과 바람의 시원함을 맛볼 수 있는 대자연을 우리는 매일 함께할 수 있으니까라고 말이다.

이 말을 한마디로 줄여 보라 한다면 幸福!一切唯心造(행복! 일체유심조). 즉 행복이란 모두 마음이 만들어 내는 것이다. 따라서 "내 마음이 행복하니 나는 행복하다."

모두가 행복이 넘치는 세상이 다가오길 진심으로 바라본다.

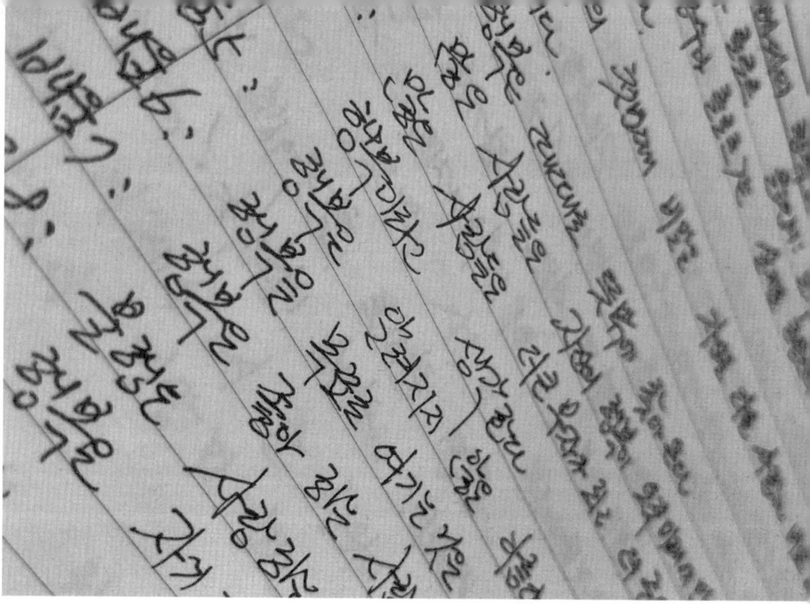

스물네 번째 노트

삶의 방향 감각에 대하여

『삶은 속도가 아니라 방향이다』의 저자 수영은 네 살 때 부모를 따라 미국으로 이민 간 이후 2010년 딱 한 번 한국을 방문했고 현재는 국제 변호사로 활동 중이고 진성민은 외국계 은행에서 10년 동안 일하다가 그만두고 네팔과 인도, 아프리카를 1년 동안 여행하면서 가난한 사람들을 위해 일하겠다고 결심한 후 현재는 아프리카 수단에서 4년째 빈민 구호 활동을 이어 가고 있다. 이들의 행보를 보며 삶의 방향을 결정 짓는 순간은 예기치 않게 찾아오는 것이라는 생각이 들었다. 영국의 사상가 토마스 칼라일은 이렇게 말했다. "목표가 확실한 사람은 아무리 거친 길이라도 앞으로 나아갈 수 있다. 그러나 목표가 없는 사람은 아무리 좋은 길이라도 앞으로 나아갈 수 없다." 이 말을 미루어 보아 이 책의 저자들은 누구보다 확실한 목표가 있었다는 것을 느꼈다. 경주를 하듯 분주한 삶 속에서 우리가 미처 깨닫지 못하는 순간들이 여럿 있다. 그리고 이러한 삶에 쉽게 적응하기란 쉽지 않다. 늘 경쟁 속에 살아가는 것이 어디 쉬운 일이겠는가? 경쟁에 뒤쳐질까 혹은 뒤쳐졌다는 생각에 방향을 잃고 헤매는 사람들이 이 책을 한번 읽어 봤으면 좋겠다. 삶의 목표와 방향이 확실하다면 시간은 아무 문제가 되지 않는다는 것을 이 책은 말하고 있다. 숭산 스님은 "삶의 방향이 분명하다면 온 삶이 다 분명해진다. 하지만 삶의 방향이 분명하지 않다면 그 삶은 문제투성이다."라고 말하며 언제나 가슴 뛰는 일을 찾아야 할 것을 당부했다. 목표를 향하는 여정이 쉽지 않을 것이지만 남이 아닌 자신의 나태와 경쟁한다고 생각하길 바란다. 칭기즈칸은 "너무 막막하다고 그래서 포기해야겠다고 말하지 말라. 적(賊)은 밖에 있는 것이 아니라 내면에 있다. 나는 나를 극복하는 그 순간 〈칭기즈칸〉이 되는 것이다."라고 말했다. 적이라 일컫는 경쟁자는 행복과 마찬가지로 멀리 있지 않다. 세상을 향한 한 걸음은 나 자신을 이겨 내는 것에서부터 시작이다. 알을 깨고 나오는 병아리에게는 얇은 벽도 콘크리트처럼 느껴질 수 있다. 그 벽을 스스로 깨고 나오지 못한다면 우리는 그 무엇도 이룰 수가 없는 것이다.

오늘 아침 나는 운동하러 산에 오르면서 아내가 해 준 이야기가 떠올랐다. 아내의 말은 요즘에는 산모가 자연 분만하는 일이

거의 없고 수술을 해서 출산을 한다는 것이다. 그 이유는 병원 측의 영리 수단과 산모 측의 편안함이 맞아떨어져 성행한다는 것이다. 그러면서 아내는 그 때문에 요즘 아이들은 인내력이 없고 조금만 힘들면 포기하고 좌절한다는 것이다. 나는 아내의 이야기가 뜻이 있다고 본다. 요즘 젊은이들은 인내심이 약하고 혼자 일어서는 것이 무척이나 힘들어 하는 것처럼 보인다. 서른이 넘도록 부모에게 결혼, 출산, 육아, 분가 등을 의탁하고 살아가는 것이 다반사다. 세상살이가 힘이 들어 그렇거니 생각하지만 생각해 보면 세상살이가 쉬웠던 적이 어디 있었는가? 오죽하면 〈캥거루족〉이라는 말이 생겼을까? 그러면서도 아내는 아이들에게 나 몰래 가만가만 도움을 주었다. 나는 그러지 말라고 수차 말했지만 그만두지 못하고 있다. 그런 것이 아버지와 어미의 차이려니 하고 넘어간다. 이 세상 모든 어머니에게는 그게 당연한 일인가 보다.

나는 사람이 사람을 볼 때 혹은 사귈 때에 적당한 거리가 유지되어야 한다고 말한 적이 있다. 예를 들어 '사람의 얼굴을 현미경으로 보면 땀구멍이 곰보로 보인다.'라는 말로 표현해 둔 바 있다. 아름다움이란 적당한 거리에서 보았을 때 아름답다. 사람 사이도 너무 가깝게 지내면 결점이 보이고 너무 자주 만나는 것도 때로는 흠이 될 수 있으므로 조심해야 한다. 그것이 자식과 부모 사이라도 마찬가지이다.

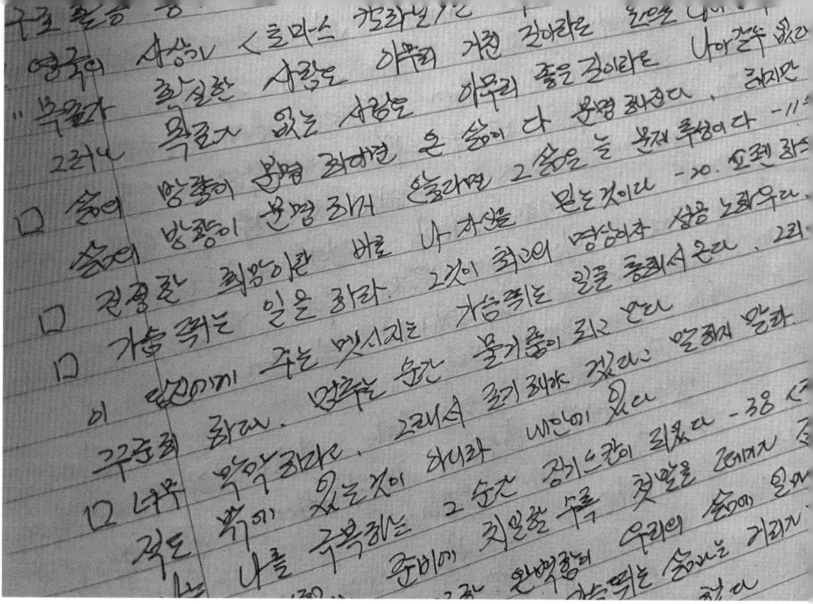

이 책은 인생의 의미와 목표에 대해 깊이 고민하고자 하는 사람들에게 추천할 만하다. 우리가 어떤 속도로 달려가는지보다 어떤 방향으로 나아가는지에 초점을 맞추어야 할 것을 상기시켜 준다. 조급함과 경쟁에서 벗어나 내면의 목소리를 듣고 진정한 가치와 의미를 찾아야 한다. 우리가 동경하는 성공과 풍요로움. 사회적인 지위는 외부적인 것들에 대해 많은 투자를 해야 하지만 삶은 속도가 아니라 방향이라는 마인드는 자신의 진정한 만족과 성공의 기준이 내면에서 비롯된다는 것을 강조한다. 그리고 미래의 모습을 만드는 것은 지금 현재라는 것과 결부된다. 어떤 미래로 나아가고 싶은지 골똘히 생각해 보길 바란다.

삶은 각자가 자기의 삶을 자기 방식대로 살아가는 것이다. 그러나 이것은 명심하라. 어릴 적 원대했던 목표도 세월이 흐르면서 변하는데 하물며 아무런 목표 없이 살아간다면 그 사람의 삶은 바다에 떠 있는 돛단배의 모습과 다를 것이 무엇이겠는가? 명확한 목표와 굳건한 실천 의지를 가지고 행동하라. 당신이 세운 목표와 실천한 행동의 결과만큼 이룰 것이다. 그 모든 것이 당신 인생의 결과물인 것이다.

스물다섯 번째 노트

꿈을 먹고 사는 가족의 이야기

『우리는 공부하는 가족입니다』 이 책의 작가는 소설가를 꿈꾸던 평범한 주부였다. 남편은 공무원으로 동생들의 사업 자금으로 10억의 보증을 서고 그것이 제대로 풀리지 않아 이자에 이자가 붙어 부채는 25억으로 커지며 모든 재산은 압류당하고 봉급의 1/2이 압류된다.

딸 연우는 서울대학교 산업공학과를 수석으로 졸업하고 삼성 장학생으로 선발되어 MIT(메사추세츠 공과대학) 박사 과정 재학 중이고 아들 상우는 연세대학교 3학년 재학 중에 행정고시 교육 직렬 최연소 합격자이며 현재 교육부 행정 사무관으로 근무 중이다.

많은 빚을 떠안고 가난과 싸우면서도 아이들 교육의 끈을 놓지 않고 최고 수준의 대학에 입학하게 한 것이 아주 인상 깊었다. 빚더미 속에서도 이 가족의 희망을 향해 나아가는 과정이 가슴 뭉클하다. 묵묵한 노력은 끝내 결실을 맺으며 저자 또한 소설가라는 자신의 꿈을 이뤄 낸다. 부모들에게 참된 교육이 무엇인지 생각하게 하는 도서였다.

이 책의 저자가 말하는 교육 철학은 다음과 같다.

1. 공부하는 가족의 중요성

가정은 아이들에게 어떤 영향력을 미치며 어떻게 가족이 함께 학습하고 성장할 수 있는지를 강조하고 있다. 가정은 아이들의 학습과 발전에 있어서 매우 중요한 환경이며 부모와 형제간의 상호 작용과 지원은 긍정적인 영향을 미칠 수 있다.

2. 자기 주도적인 학습

이 책은 자기 주도적인 학습의 중요성을 강조한다. 아이들이 스스로 문제를 해결하고 탐구하는 능력을 키워야 한다고 말하며 부모와 형제는 그들에게 필요한 도구와 지원을 제공해야 한다고 말하고 있다.

3. 협력과 소통

협력과 소통이 공부하는 가족에서 아주 중요한 요소임을 강조하고 있다. 부모와 자녀 간의 역할 분담과 상호 작용, 이야기를 나눔으로써 가족 구성원들 사이에 긍정적인 관계를 유지하

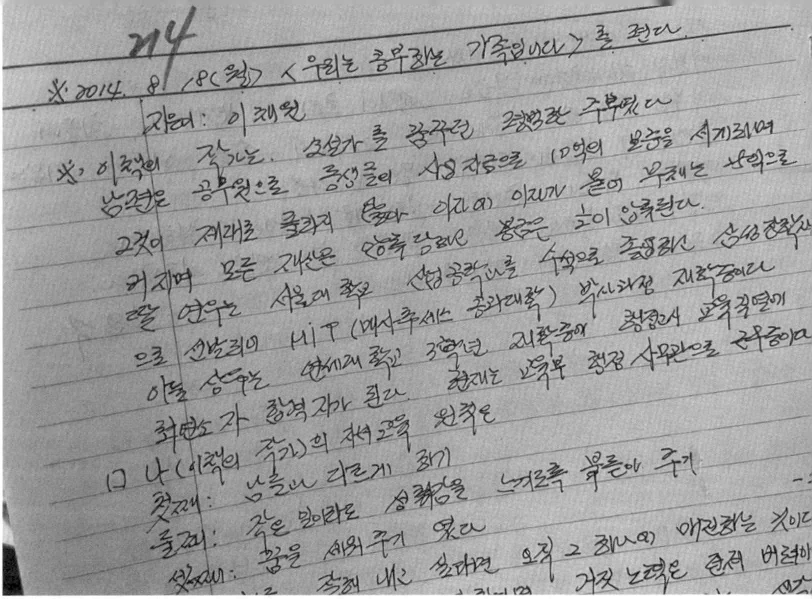

면서 함께 성장할 수 있다고 설명한다.

4. 창조적인 활동

예술, 음악, 과학 실험 등은 아이들의 창의성과 문제 해결 능력 개발에 도움이 되며 그것을 통해 재미있게 배울 수 있다고 한다.

5. 평가와 보상

목표 설정 및 달성 후 보상 시스템 구축 방법 등에 대해서 설명하며 자녀들에게 선행 학습 및 목표 달성 의식의 습관 형성을 해 줘야 한다고 설명했다.

6. 일상생활 속에서 배우기

일상생활 속에서 많은 것들을 배울 수 있다는 점을 강조한다. 외부 활동보다 일상생활에서 발생하는 상황과 경험이 실질적으로 아이들에게 큰 영향을 주어 발전할 수 있다고 하였다.

이 책은 우리가 일상 속에서 어떻게 학습하고 성장할 수 있는지를 알려 주면서 동시에 부모와 자녀 사이, 형제간 관계를 통해 좋은 교육 환경 조성 방법을 안내하고 있다. 또한 이 책의 저자는 인생이란 스스로 한 발짝 한 발짝씩 이루어 가는 과정이다. 그것이 내 공부의 원칙이었고 자녀 교육의 원칙이었다고 말했다.

당신이 이 책의 작가라면 어떻게 하겠는가? 사람은 절망적일수록 먼 미래를 보고 희망을 가져야 한다. 지금 절망적인 사람이 미래의 꿈마저 없다면 그는 정말로 사라지게 될지도 모른다.

그렇다면 먼 미래는 어디에다 둘 것인가? 그 길은, 지금 이 순간 그대가 공부든 재산 형성이든 어느 것이라도 능력을 기르는 것이다. 오늘의 절망을 미래의 희망으로 키우고 싶은가? 아니면 그대로 주저앉아 사라질 것인가? 그 선택은 당신에게 있다.

나의 어릴 때 당면 목표는 가난으로부터 벗어나는 것이었다. 나는 그 목표를 이루기 위해 전쟁터서 목숨을 담보하며 싸워도 보았고 탄광 막장의 무너져 내리는 갱도에 갇혀도 보았으며 철공장에서 막노동도 해 보았다. 그러나 결국은 공부가 능력이더

라. 그래서 나는 28세에 고졸 검정고시에 응시했고 그해 경찰관이 되어 정년퇴임까지 하였다.

당신! 능력을 키우고 싶은가? 공부하라! 공부에서 능력이 평가 되고 좌우된다. 하루 세끼 끼니를 굶더라도 책은 읽어라. '무학무행(無學無行)' 배우지 못하면 행동할 수 없다.

스물여섯 번째 노트

아이는 부모 하기 나름이다

『아이의 자존감을 살려 주는 결정적 한마디』는 작가가 아이들의 자존감을 키우고 지원하기 위해 사용할 수 있는 말과 접근법에 대해 다룬 책이다. 이 책은 부모, 교사, 어른들이 아이들과의 소통에서 긍정적인 영향력을 발휘하고 자녀의 성장과 발전에 도움을 주는 방법을 제시한다.

아이와 소통에서 중요하다는 부분은 다음과 같다.

존중과 인정

아이들에게 존중과 인정을 보여 주는 것이 중요하다고 강조한다. 그들의 의견, 감정 및 경험에 관심을 가지고 듣고 이해하는 것으로 시작하여 그들의 개인성과 고유한 능력을 인정하는 것이 필요하다고 설명한다.

긍정적인 표현

말하는 방식과 표현에 주목한다. 비난, 비판 및 부당한 비교 대신 긍정적인 언어와 격려를 사용하여 아이를 지원하는 것이 중요하다고 말한다.

문제 해결 능력 강화

아동들은 스스로 문제를 해결할 수 있는 기회와 도전을 경험해야 한다. 그러면서 실패와 실수를 받아들일 수 있도록 도움을 주며 스스로 문제를 해결할 때 칭찬하고 격려하는 것도 중요하다고 언급한다.

자기 성찰 유도

아동에게 자기 성찰과 감정 인식 능력을 기르도록 도와야 한다. 그들에게 자신의 생각, 감정 및 행동에 대해 생각하며 질문하는 기회를 제공하여 내면 성장과 발전에 도움이 되도록 지원해야 한다.

목표 설정 및 성취감 부여

목표 설정 및 달성 과정에서 아동들에게 의미 있는 역할 모델링 및 지원 체계를 구축하는 것이 중요하다고 설명한다. 목표 달성 후 칭찬하거나 보상 체계 등으로 성취감을 부여함으로써 자아 존중감 향상에 기여할 수 있어야 한다.

소셜 스킬 개발

타인과 상호 작용하기 위한 소셜 스킬 개발은 자아 존중감 형성에서 핵심 요소이다. 적절한 사회 규칙 배우기, 타인의 의견 공유와 리스닝 등 커뮤니케이션 기술 개발 방법도 다룬다.

일관된 관심과 애착 형성

일관된 관심, 애착 형성 및 안전한 환경 제공은 아동의 자아 개발 프로세스에서 필수적이다.

『아이의 자존감을 살려 주는 결정적 한마디』라는 책은 어른들로서 우리가 어떻게 맞추어야 하는지와 어떻게 긍정적 영향력으로 작용하여 아동의 성장과 발전에 도움 줄 수 있는지 안내하고 있다.

나의 젊은 시절 나의 큰아이가 사춘기를 겪으며 자기 뜻대로 하고 싶은 행동을 할 때가 있었다. 이때 나는 아이를 나의 기준에 맞추려고 애를 쓰다가 매를 대 본 일도 있다. 후일에 생각해 보면 그 당시 부모의 판단이 모두 옳은 것도 아닐 수 있고 아이가 모두 다 잘못하고 있다고 말하기도 어렵다. 아이는 아이대로의 개성과 욕구가 있는 것이다. 매는 대기 시작하면 처음에는

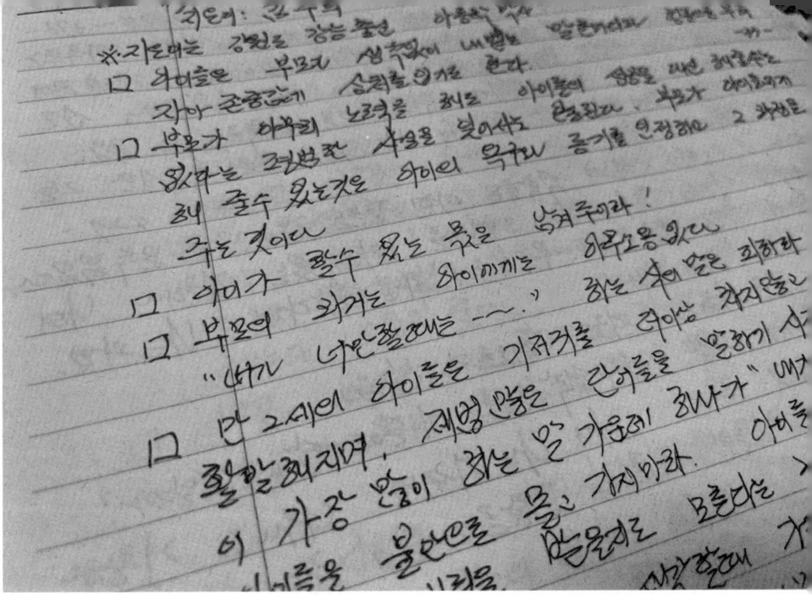

훈계의 뜻이 있지만 갈수록 부모의 감정에 의한 매가되고 만다. 당부 한다. 절대 매는 대지 마라!

스물일곱 번째 노트

꿈을 향한 여정에 타협은 없다

진인사대천명(盡人事待天命) 하면 천우신조(天佑神助) 하는 법이다. 이 말은 사람이 자기가 할 수 있는 노력을 다하고 난 이후 하늘의 명을 기다리면 하늘도 돕고 신이 도와 목표하던 일을 이룰 수 있다는 말이다. '하늘은 스스로 돕는 자를 돕는다.'는 말과 상통한다. 나는 이 말을 나의 생활관과 같이 여겼으며 진리라고 믿고 행동해 왔다. 『지금 공부하는 네가, 모두를 놀라게 할 것이다』를 읽으며 어머니의 말씀이 생각나기도 했다. 숲에서 가장 키가 큰 상수리나무가 그토록 클 수 있었던 이유는 다른 나무가 햇빛을 가로막지 않았고 토양이 깊고 풍요로우며 토끼가 이빨을 갈기 위해 밑둥을 갉아 먹지도 않았고 벌목꾼에 의해 잘려 나가지도 않았기 때문이라는 대목에서였다. 어머니는 천지운기(天地運氣)라는 말씀을 종종하셨다. 만물은 천지운기가 맞아야 성공할 수 있다는 말이었다. 노력과 때가 맞아야 성공할 수 있다는 것은 노력만으로는 이룰 수 없는 것이 있다는 것인데 조금 다르게 바라본다면 운이 찾아와도 노력하지 않은 자에게는 그 기회를 잡을 기회조차 얻을 수 없다는 말과 같다.

인생의 여러 기회를 잡기 위해 우리는 평생 '공부'라는 것을 놓고는 살 수가 없다. 공부는 우리 개인과 사회 전체에 긍정적인 영향을 미칠 수 있는 힘을 갖고 있다는 것이 이 책에서 가장 강조하는 철학이다. 우리가 자신의 잠재력을 발견하고 혁신적인 방식으로 학습하며 성공할 수 있는 방법들을 생각할 때 우선 자기실현의 중요성에 대해 자주 이야기한다. 우리는 인생에서 자아를 실현하기 위해 동일시할 수 있는 가치와 목표를 추구한다. 『지금 공부하는 네가, 모두를 놀라게 할 것이다』에서 다루는 철학은 개개인마다 다른 비전과 열정을 발견하고 그것을 통해 자기실현을 이루어 내야 한다는 것이다.

또한, 혁신적인 학습 방법의 중요성도 강조하고 있다. 기존의 학습 방식에 구애받지 않고 창의적이고 혁신적인 접근법으로 지식과 배움을 추구해야 한다고 언급했다. 실험, 문제 해결, 프로젝트 기반 학습 등 다양한 방법과 자율성을 통해 새로운 아이디어와 해결책을 찾아낼 수 있다고 했다.

성장과 발전은 어렵지 않다. 긍정적 마인드셋은 이 과정에서 필수적이다. 실패와 어려움에서 배우며 긍정적으로 생각하며 문제를 해결하는 태도를 유지함으로써 우리는 계속해서 성장할 수 있다.

마지막으로, 『지금 공부하는 네가, 모두를 놀라게 할 것이다』는 본질과 타협하지 않고 꿈과 비전 실현에 집중하는 것이 필요하다고 말한다. 우리 개개인마다 다른 가치관과 목표 설정 등 독립된 의사 결단 능력을 가진 존재로서 자신만의 비전과 열정을 발견해야 하고 그것은 주변 사람들에게 영감과 놀람을 줄 수 있다. 따라서 우리는 개개인마다 다른 비전과 열정 속에서 자아실현 및 창의성 추구와 같은 인생을 살기 위한 방안에 대해 생각해 봐야 할 것이다.

포드의 창업자는 다음과 같은 말을 남겼다. “아이는 부모의 행복을 담보해 주지 않는다. 아무리 잘 키워도 아이는 결국 부모 곁을 떠나고 이후에는 며느리 또는 사위가 그 아이의 인생에 가장 큰 영향을 미치게 된다.”

나는 나의 아내와 자녀에게 시간 있을 때 마다 “자기 인생은 자기가 개척하고 살아가는 것.”을 말하며 “능력을 키우라.”고 당부한다. 자기 인생이라는 것에는 각자의 건강과 실력, 인성까지 모든 것을 자기가 관리하지 않으면 안 된다. 그리고 결과적으로 보면 공부든 건강이든 끈기든 결단력이든 그 어떤 것이라도 자기가 자기 뜻에 따라 행한 것이 성공과 실패라는 결과물로 나타

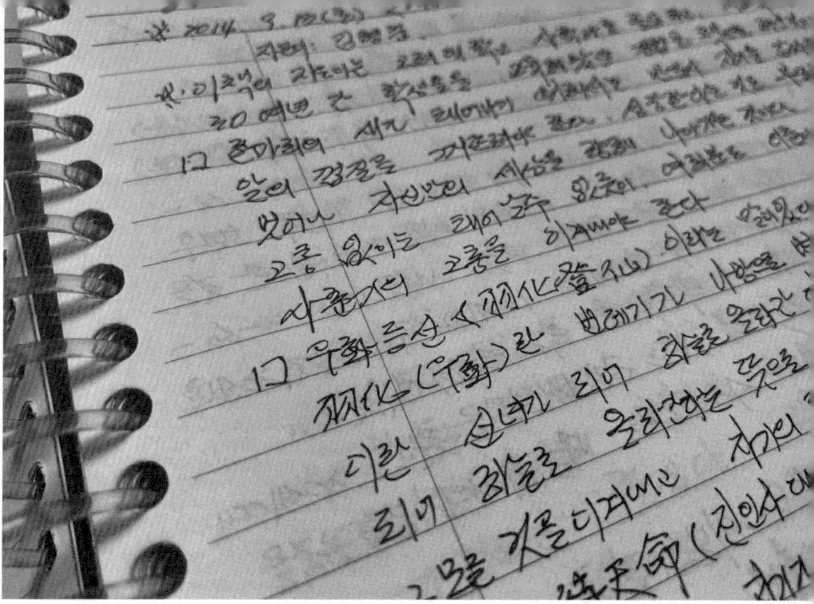

나는 것이다.

삶의 미래를 보고 계획하며 실천하여 후일에 열매를 기대할 것인지 아니면 되는 대로 살 것인지를 선택하는 것은 당신의 몫이며 어느 길이 당신을 기다리고 있는가는 당신의 선택에 따라 후일에 나타난다.

스물여덟 번째 노트

긍정의 힘은 강철보다 단단하다

닉 부이치치(Nick Vujicic)는 세계적으로 알려진 호주 출신의 활동가, 작가 및 연설자이다. 그는 1982년에 선천적으로 팔다리가 없는 상태로 태어났으며 이런 신체적 제약에도 불구하고 자신의 삶을 긍정적으로 살아가고 동기 부여와 희망을 전파하는 활동을 하고 있다.

닉 부이치치는 어린 시절부터 겪은 고통과 자아 수용의 과정을 거쳐 자기 수용과 긍정적인 마인드셋을 발전시켰다. 그는 사회에서 받은 차별과 힘든 시간들을 극복하면서 내면의 강인함과 용기를 발견했다. 이러한 경험들은 그를 동기 부여와 자기계발 분야에서 세계적으로 인정받는 인물로 거듭나게 했다.

닉 부이치치는 전 세계에서 많은 사람들에게 영감과 희망을 주기 위해 강연 및 워크숍 활동을 진행하며 다양한 매체를 통해 글쓴이로서도 활동하고 있다. 그의 이야기와 철학은 개인의 장애나 어려움에 상관없이 내면의 힘과 열정으로 꿈을 이루어 낼 수 있다는 메시지를 전달한다.

또한 닉 부이치치는 비영리 단체 'Life Without Limbs'를 설립하여 장애인들과 그 가족들에게 지원 및 돕기 위한 프로그램 및 서비스를 제공하는 데 많은 노력을 기울이고 있다. 그의 목표 중 하나는 모든 사람들에게 소외 없이 포용되고 존중받으며 의미 있는 삶을 살 수 있는 기회를 제공하는 것이다.

닉 부이치치는 자신만의 경험과 에너지 넘치는 스피치로 전 세계 사람들에게 용기와 희망, 자아 수용, 변화와 성장 등 다양한 주제를 전달하며 많은 사람들에게 영감을 준 인물이다. 장애인과 비장애인 모두에게 큰 영향을 준 그의 행보를 담은 이 책은 그의 자전적 이야기를 담고 있다. 삶과 도전, 희망에 대한 이야기가 가득할 뿐만 아니라 그가 어떤 어려움과 고통 속에서 희망을 발견하고 성공을 이루기 위해 어떤 노력을 하고 극복했는지를 집중적으로 다루고 있다. 절망적인 상황에서도 긍정적인 마인드셋은 닉 부이치치의 여러 강점들 중에 가장 빛나는 부분이다. 긍정적인 마인드는 자신의 장애를 수용하며 살아가게 만들었다. 어떤 어려움이 직면하더라도 포기하지 않고 도전하게 만드는 기본 토양이 되었고 이후에 자신의 성공에만 그치지 않고 그는 성공 사례를 통해 독자들에게 용기와 희망을 심어 주려는 모습은 감동적이기까지 했다. 사회적인 압박에 자살 시도까지 했다는 대목에서는 많은 안타까움이 들었지만 결국 그는 그 모든 것을 극복하며 지금의 자리까지 올라오게 되었다.

『닉 부이치치의 플라잉』을 통해 그에게는 '이 땅에 절망이라고는 없구나!'라는 생각이 들었다. 그리고 삶에 장애는 별 문제가 되지 않는 것이라고 느꼈다. 믿음이 얼마나 대단한 힘을 발휘하게 하는지 여실히 알 수 있었다.

스물아홉 번째 노트

천국과 지옥은 모두 마음속에 있다

『새로운 삶을 이끄는 힐링의 힘』의 저자 데일 카네기는 미국의 작가이자 연설가이다. 수많은 사람들에게 사랑을 받았던 그는 『인간관계론』이라는 책으로 가장 잘 알려져 있지만 이 저서 또한 1936년에 출간된 이후로 꾸준히 세계적 베스트셀러에 오르며 주목받았다. 이 도서는 대인 관계와 소통의 중요성을 강조하며 다양한 실용적인 팁과 원칙을 제시하여 사회적 성공과 개인적 만족을 이루는 방법을 안내한다.

이 저서는 자기 계발과 심리학 분야에서 다양한 접근법과 방법론을 제시한다. 어떻게 하면 내면의 상처를 치유하고 긍정적인 변화와 성장을 이룰 수 있는지에 대한 가이드를 제공하고 있고 중심적으로 언급하고 있는 부분은 다음과 같다 자기 인식과 자아 치유: 우리는 자신을 깊이 이해하고 인정하는 것으로부터 시작한다. 과거의 상처나 부정적인 경험이 어떻게 우리에게 영향을 미치는지 인식하고 그것들을 치유하기 위한 방법들에 대해 알아보아야 한다.

감정 관리: 감정은 우리 생활에서 중요한 역할을 한다. 힐링의 과정에서는 감정들과 건강한 관계를 형성하고 부정적인 감정에 대처하는 방법들을 배워야 한다.

관계 개선: 우리 주변 사람들과 건강하고 의미 있는 관계를 형성하는 것이 중요하다. 커뮤니케이션 기술 및 대인 관계 스킬 등을 개발해야 한다.

목표 설정과 성취: 목표 설정은 우리가 원하는 변화와 성장으로 나아가기 위해 필요하다. 목표 설정 및 달성 전략, 시간 관리 등에 엄격해야 한다.

철학자 윌리엄스는 "일어난 일을 받아들인다는 것은 불행한 결과를 극복하는 최선이다."라고 했다. 단순히 주변 환경 자체가 우리를 행복하거나 불행하게 만드는 것은 아니다. 우리의 감정을 결정 짓는 것은 그 환경에 대한 반응 여하에 달려 있다. 따

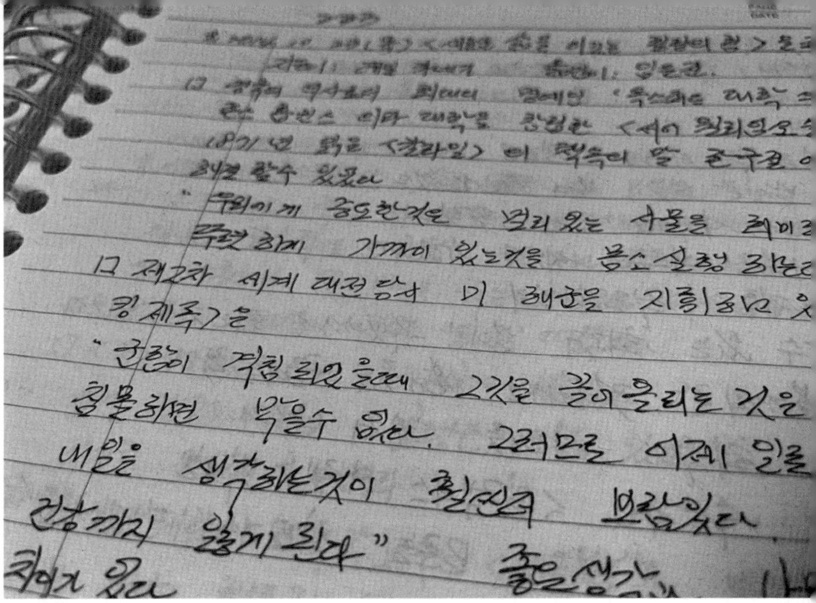

라서 천국도 지옥도 우리들 안에 있는 것이다. 나는 행복과 불행은 사람의 마음속에 있다고 믿는 사람이다. 같은 일을 두고도 '그만하면 다행'이라고 생각하면 복이 되고 '왜 나에게만 이런 일이 자꾸 생기는가?'라고 한탄해 버릇하면 아무리 작은 일도 불행이 된다. 우리의 인생은 사고(思考)에 의해 만들어진다. 학창 시절 가장 하고 싶은 일 중 하나가 많은 책을 읽어 보는 것이었다. 내가 퇴직하고 읽은 책의 양은 직장 다닐 때 읽은 교양서적 양과 비슷한 정도다. 다만 직장 생활할 때는 승진과 직무에 관한 책이 주류였지만 지금은 '인간'에 관한 책이 주류를 이룬다.

'인간'이란 나의 마음을 다스릴 줄 아는 사람, 교양을 쌓은 사람을 말한다. 나는 수시로 나에게 또는 다른 사람에게 마음을 다스리는 것이 가장 먼저 해야 할 일이며 가장 어려운 일이라고도 말한다. '자기를 다스릴 줄 아는 자'가 되는 것이 가장 먼저 해야 할 일이다.

서른 번째 노트

사소한 행복

행복은 무엇인가에 대한 생각을 해 본다. 행복 또한 감정의 일부이므로 감각의 만족이 행복으로 이어질 수 있다고 생각하지만 쾌락과 행복은 동의어가 아니다. 쾌락에 이르는 방법과 행복에 도달하는 방법은 다르다. 궁극적으로 만족에 이르는 과정이겠지만 쾌락은 행복보다 순간적인 경우가 많다. 그렇다고 지속적인 쾌락이 행복으로 정의되진 않는다. 행복은 바람이나 물과 같아서 자신을 둘러싸고 있는 주변 환경에서 발견되는 경우가 많다. 행복에 도달하는 방법이라기보다 행복을 발견하는 방법이라는 것이 알맞을지도 모르겠다. 다시 한 번 강조하고 싶은 것은 행복은 감정이라는 사실이다.

당신이 불행하다고 생각하는 순간을 되돌아봤으면 좋겠다.

행복하지 않은 순간을 모두 불행이라 하진 않지만 행복을 느끼는 것보다 불행을 느끼는 빈도가 훨씬 많을 것이라 생각한다. 모든 게 마음먹기에 달렸다고 하지 않는가. 같은 상황에서도 누구는 불쾌감과 불행을 느끼는 반면 행복함을 느끼진 않아도 불쾌하거나 불행하다고 생각하지 않는 사람들도 많다는 것을 알았으면 좋겠다. 요즘 사람들 말로 '프로 불편러'라고 했던가? 사소하다고도 할 수 없는 일에 쓸데없이 감정을 몰입하여 화를 내거나 자신의 불편함을 폭발적으로 드러내는 사람이 많다고 들었다. 어떤 결핍이 그들을 그렇게 만들었을까? 생각해 보면 답은 간단하다.

물이 오염되면 물고기들이 살 수 없고 공기가 오염되면 육지의 모든 생물이 살 수 없듯이 인류가 만들어 놓은 세상은 어떠한지 살펴봤으면 좋겠다. 멀리 다른 나라를 볼 것도 없다. 국내만 살펴봐도 알 수 있다. 잘 먹고 잘 사는 세상이 되었지만 정신이 병들어 가는 세상이 되었다. 배가 고파서 죽는 사람은 현저히 줄어들었지만 정신이 병들고 고파서 죽는 사람은 너무나 많아졌다. 무엇이 그들을 죽음으로 내몰았을까. 경제와 기술은 진화하였지만 우리 사회의 정의와 철학은 퇴보하였기 때문이다. 시대정신이 없는 세계에 휴머니즘이라고는 눈을 씻고 찾아봐도 볼 수가 없다. 천박하다고 해야 할까? 돈과 물질만을 쫓는 세상이 어떤 결과를 만드는지 우리는 지금 목도하고 있다. 우리가

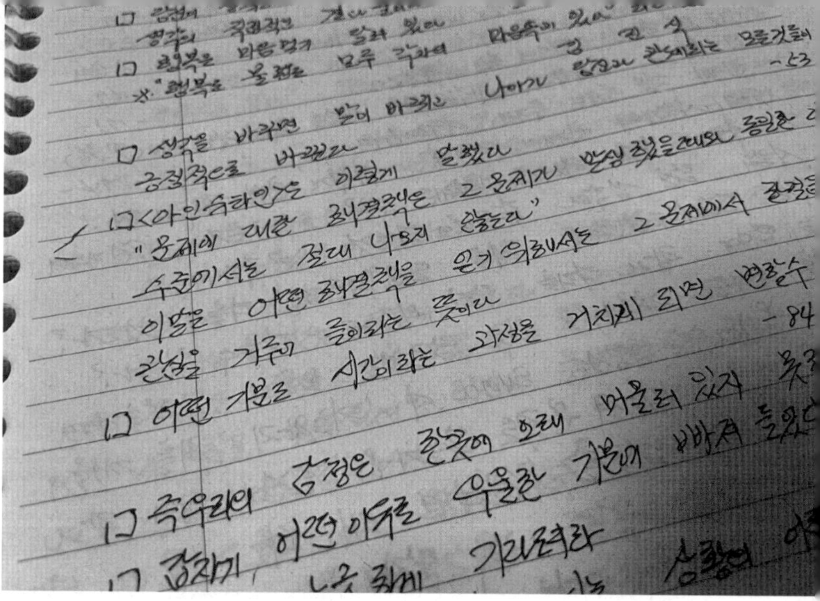

등한시했던 것들이 부메랑처럼 날아와 결국 우리의 발목을 잡고만 것이다. 5천만이 넘는 인구 중에 행복하느냐는 질문을 던지면 '그렇다.'라고 대답할 사람이 얼마나 될까? 절반은 될지 모르겠다. 물질만을 쫓는 세상에서 경쟁에 뒤처지게 되면 상대적 박탈감에서 오는 부정적인 인식은 어쩔 수가 없다. 젊은 세대들이 자신들은 삼포 세대(취업, 출산, 결혼을 포기한 세대를 의미하는 신조어)라며 자학하던 때가 얼마 안 된 것 같지만 10년이 넘었다. 그사이 자살률은 더 늘어나고 출산율은 40% 넘게 하락하였다. 예상된 결과가 아니었을까? 그럼에도 우리는 아무도 이런 사안에 심각성을 느끼지 못하고 양식장에서 폐사한 물고기를 바라보듯 발만 동동 구르고 있는 모습이지 않나 싶다. 청년 정책이 어떻고 출산 정책이 어떠한지는 그렇게 중요하지 않다. 젊은 세대가 희망을 가지고 미래를 설계할 수 있는 세상이 되어야 하고 사소한 것에도 행복감을 느낄 수 있는 감각을 길러 줘야 한다. 그리고 이것은 젊은 세대에게만 해당하지 않는다. 사소한 것에 행복을 느끼는 것은 삶의 질과도 이어지며 그 긍정적인 에너지는 사회 전반에 활력소를 불어넣을 것이다. 그러기 위해서는 지금 우리 자신부터 바뀌어야 한다. 인생에서 가장 중요한 요소가 무엇이냐고 질문하면 외국인들은 '가족'이나 '사랑'을 꼽는 반면 우리나라 사람들만 '돈'이나 '경제력'을 꼽는다고 한다. 물질이 중요하지 않은 것은 아니지만 최고의 가치로 물질을 꼽는다는 현실이 너무 안타깝고 슬프게 다가온다. 예전에는 다 같이 못살고 배가 고파서 힘이 들었지만 지금은 다 같이 잘살지 못해서 힘든 세상이다. 지나치게 타인의 시선을 의식하고 비교하는 풍토가 유독 우리나라 사람들이 심한 것 같다.

『우리는 사소한 것에 목숨을 건다』에서 언급한 것처럼 우리가 사소한 것에 목숨을 걸어야 하는 것은 그것이 행복으로 이어지는 절대적인 방법이기 때문이다. 사소한 것의 소중함을 느끼게 된다면 주변을 살피게 될 것이다. 모든 관계는 자신으로부터 출발한다는 것을 잊지 않았으면 좋겠다. 의견과 성향이 달라도 그것을 지극히 당연하게 여기길 바란다. 사람들이 심리적으로 제각기 다른 양상을 보이는 것은 사고 체계와 기분이라는 두 가지 이유 때문이다. 사람과의 관계에 대하여 이렇게 한번 생각해 보자.

상대방이 당신의 자녀든 형제든 배우자든 누구든 간에 당신 이외의 사람이 당신과 생각이 같기를 바란 적이 있는가? 만일 그러길 바랐다면 그것은 큰 오산이다.

당신은 당신의 입 안에 있는 혀를 당신 마음대로 다룰 수 있는가? 또는 당신의 팔과 다리를 당신 마음대로 다룰 수 있는가? 당신은 아마도 "그렇다."라고 답할지도 모른다. 그렇다면 한 가지 묻겠다. 당신이 태어나서 지금까지 혀를 깨물어 본 적이 없는가? 넘어져 본 적은 없는가? 당신의 혀와 팔과 다리를 당신 마음대로 할 수 있었다면 왜 혀를 깨물고, 넘어지고, 물건을 놓쳤는가? 그것은 당신의 몸도 당신의 생각대로 다루지 못했다는 것 아닌가. 사실이 이러한데 하물며 다른 사람의 생각이 당신과 같기를 바란다면 착각도 이만저만한 착각이 아니지 않겠는가?

무엇 무엇을 한다면 행복할 거야라는 생각을 하면 사람은 절대 행복할 수가 없다. 반복해서 말하지만 행복은 늘 각자의 마음속에 있다!

서른한 번째 노트

아버지는 한 가정의 역사다

『아버지니까』 이 책의 저자는 언론사 간부까지 지내고 '언론 통폐합 반대 언론 노조' 간부 등을 지내다가 아내와 이혼하고 둘째 아들을 잃고 실직에 헤매는 등 그의 인생 역경을 이야기하고 있다.

사람의 환경은 언제라도 바뀔 수 있다. 그러나 그에 대처하는 방식은 저마다 다르다. 사회를 너무 비판하거나 부정적으로 보지 마라! 지금 당신이 보는 부정적, 비판적 사회에서도 누군가는 희망과 긍정을 보고 있다.

후일 누가 성공 하겠는가?

불가에서는 인연(因緣)을 매우 중요시한다. 인(因)은 나 자신이다. 그리고 연(緣)은 '객체'이자 '상대' 그리고 '주위 환경'

이기도 하다. 연(緣)은 인(因)에 따라 좌우된다. 결국 '나 하기 나름'이라는 얘기다. 연(緣)이 변하고 연이 나에게 잘 따라 주기를 기대하는 것은 바보짓이다. 인(因)이 연(緣))에게 다가가고 인(因)이 변화하지 않는 한 연(緣)은 변화하지 않는다. 결론적으로 내가 변하고 내가 먼저 다가가지 않는 한 다른 사람이나 주위 환경은 나를 따라 주지 않는다는 것이다.

이 책의 저자는 '아버지'를 두고 한 가정에서 아버지는 '역사다.'라며 참으로 고단하고 외로운 길을 걷고 있는 자가 아버지라고 말했다. 저자는 아버지와 아들 간의 독특한 관계와 그들이 함께 겪은 이야기를 다룬다. 이 책은 송동선 작가의 아버지에 대한 회상과 그에 대한 감정 그리고 가정에서의 소소한 순간들을 통해 가족의 소중함과 아버지의 존재의 의미를 탐구한다.

이 에세이는 저자의 자전적인 이야기를 바탕으로 하며 그의 아버지에 대한 사랑과 감사의 정서가 묻어나온다. 저자는 아버지와의 일상적인 상호 작용과 이야기를 통해 아버지의 특별함과 그와 함께한 시간의 소중함을 전달하고 있다.

송동선의 『아버지니까』는 따뜻하고 감미로운 문장으로 아버지와의 관계의 소중함을 표현한다. 송동선 작가는 아버지의 가르침과 사랑을 통해 자신의 삶에 영감을 받았음을 전달하며 독자들에게 가족의 소중함과 아버지의 존재가 주는 영향력을 생각하게 한다.

이 에세이는 송동선 작가의 섬세하고 정감 어린 글쓰기로 이루어져 있다. 그의 아버지와의 순간들이 녹아 있는 이야기들은 독자들에게 공감과 감동을 전달하며 자신의 가족과 아버지와의 관계에 대해 생각해 보게 한다.

아버지와 아들의 독특한 이야기를 감상하며 가족의 소중함과 아버지의 영향력을 깨닫는 이 도서는 따뜻한 감정과 공감을 전달하며 독자들에게 사랑과 가족의 소중함을 되새기게 한다.

서른두 번째 노트

서재를 보면 그 사람의 인격을 알 수 있다

인격이란 그 사람의 행동에서 자연스럽게 나오기 마련이다. 그리고 신념과 고결함은 지혜에 의하여 고양되는 법이다. 녹이 쇳덩이를 고철로 만든다고 했던가? 이 책에서는 게으름에 대하여 비중 있게 다루고 있다. 게으른 사람은 국가를 좀먹게 한다. 알렉산더는 그 나라 사람들이 살아가는 모습을 보며 쾌락을 좇는 것만큼 천박한 것이 없고 일로 밤을 지새우는 것만큼 귀한 것이 없다고 했다. 게으름은 인간을 타락시킨다. 게으른 자가 국가나 사회적으로 이름을 얻은 예는 없다. 우울해지는 것은 아무 일도 하지 않고 있는 것에 그 원인이 있다. 노력을 게을리 하면 봄과 여름은 의미 없이 지나가 버리고 가을의 수확도 기대할 수 없다. 나이를 먹어 맞이하게 될 겨울은 서글픈 노년이 될 것이다. 근면한 사람은 여가의 귀중함을 안다고 했다. 게으른 자에게는 일도 여가도 존재하지 않는 법이다. 언젠가 아름다운 모습은 아름다운 얼굴보다 낫고 아름다운 행동은 훌륭한 조각이나 초상화보다도 우리에게 감동을 준다고 했던 문구가 기억이 난다. 그 사람이 읽는 책을 보면 인격을 엿볼 수 있다. 그런 의미에서 양서(良書)는 최고의 친구다. 이 사실은 과거와 현재 미래를 통틀어 변함이 없을 것이다.

나의 아들딸에게! 그리고 어린이와 젊은이들에게!

한 권의 책이 당신의 인생을 이끌어 줄 것이다. 책을 읽어라. 그 책이 어떠한 책인지는 아무도 모른다.

책은 당신의 마음속에 살며시 다가와 당신도 모르게 신비의 길로 소리 없이 인도해 주기 때문이다.

그 진귀한 보배를 잡는 사람이 성공한다. 당신 주위에 책을 읽지 않고 성공한 사람이 있는가? 살펴보라!

괴테는 현명한 사람은 평범한 인간에게서도 무언가를 배운다고 했다. 평범한 화가는 얼굴 형태를 보고 그대로 그리며 훌륭한 예술가는 얼굴 형태를 보고 생생한 혼을 포착해 화폭에 담는다. 인격은 그 사람의 말과 행동으로 자연스럽게 나온다. 인격의 형성은 어릴 때 가정과 친구로부터 형성된다. 그리고 젊어서는 책을 통해 그 폭이 넓어지는 것이다. 나머지 소감은 나의 아들딸! 그리고 어린이와 젊은이들에게!로 대신한다. 책은 그 사

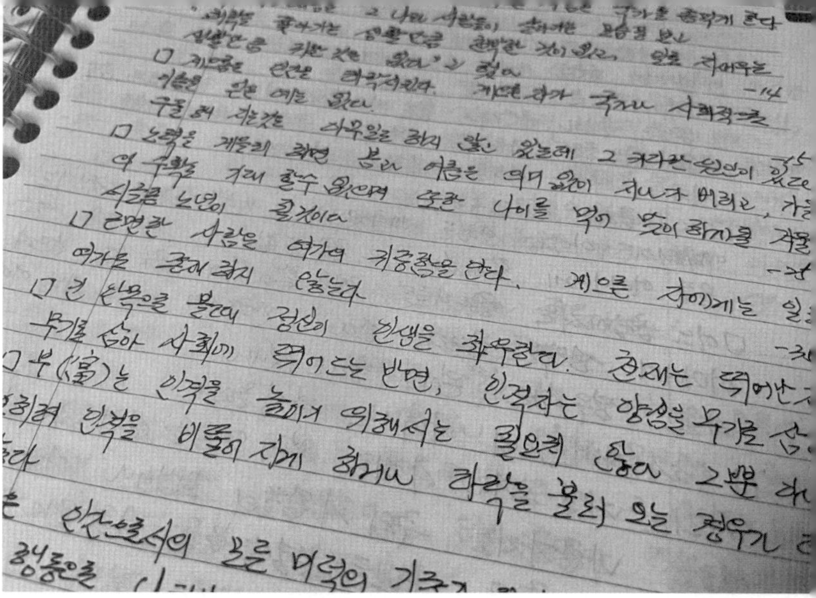

람의 인격을 말한다.

서른세 번째 노트

경청하는 힘을 길러라

TED란 테크놀로지, 엔터테인먼트, 디자인의 머리글 T, E, D 자에서 따온 말이다. 이 책은 커뮤니케이션 전문가의 입장에서 TED 속에서 발견한 커뮤니케이션의 이야기다. TED는 강연 플랫폼으로 다양한 사람들이 참가하여 많은 사람들에게 큰 영감을 주고 있다. 이것이 가능한 이유는 누구나 말할 수 있고 누구나 들을 수 있다는 열린 자세에서부터 시작이 된다. 소통은 더 나은 세상을 만들기 위해 꼭 필요한 기술이다. 이 책에서는 다양한 예시와 실제 TED 강연 사례를 통해 강연자가 청중과 깊은 연결을 형성하고 아이디어를 효과적으로 전달하는 방법을 가르쳐 준다. 강연의 구조와 흐름, 목표 설정, 스토리텔링, 비주얼 프레젠테이션, 목소리와 몸짓 등 다양한 요소들을 다루며 청중의 이해와 공감을 얻는 전략을 소개하고 있다.

또한 강연자의 자신감과 태도, 에너지 관리, 연습과 준비, 피드백 수용 등 강연을 준비하고 진행하는 과정에서 필요한 요소들에 대해서도 다루고 있다. 이를 통해 독자는 자신의 아이디어를 효과적으로 전달하고 청중과의 연결을 강화하여 영향력 있는 강연을 할 수 있는 방법을 배울 수 있게 한다.

이 책은 강연 기술과 소통 전략에 관심이 있는 사람들에게 유용한 자료가 될 수 있다. TED 강연의 성공 요인을 분석하고 그 원리를 실생활에 적용하여 더욱 효과적인 소통을 할 수 있도록 돕기 때문이다.

『마법의 18분 TED처럼 소통하라』 이 책을 읽으며 소통하는 방법 중에서 가장 중요하다고 생각되는 요소는 상황에 맞는 청중의 이해와 공감이라는 것을 느꼈다. 효과적인 소통을 위해서는 청중의 관심과 필요에 맞게 정보를 전달하고 그들의 관점과 감정을 이해하며 공감할 수 있어야 한다.

청중의 이해와 공감을 위해서는 청중을 타깃으로 정확하게 분석하고 그들의 관심사와 욕구, 문제점을 파악하는 것이 중요하다. 이를 통해 청중이 원하는 정보와 니즈에 부합하는 메시지를 전달할 수 있다. 또한 상황에 맞는 언어와 예시, 스토리텔링을 활용하여 청중과의 공감을 극대화할 수 있다. 복잡하거나 어려운 용어를 사용하지 않고 청중이 이해하기 쉽도록 명확하고 간결하게 전달하는 것이 중요하다. 또한 비언어적인 요소인 목소리, 몸짓, 표정 등을 통해 강조와 감정을 전달하면서 청중과의 연결을 더욱 강화할 수 있다.

마지막으로 소통은 양방향적인 과정이므로 청중의 피드백을 수용하고 반영하는 것도 중요하다. 청중의 질문이나 의견에 대해 적극적으로 대응하며 상호 작용을 통해 소통의 품질을 높일 수 있다. 따라서 상황에 맞는 청중의 이해와 공감 능력, 명확하고 간결한 메시지 전달, 비언어적인 요소의 활용, 청중과의 상호 작용이 소통에서 가장 중요한 요소라고 할 수 있다. 이것을 간추려 보면 다음과 같다.

강력한 스토리텔링
간결하고 명확한 메시지
시각적인 자료 활용
열정과 자신감의 표현
청중과의 상호 작용

'소통'이라 하면 나에게 가장 선명하게 떠오르는 것은 노무현 씨가 대통령이 되고 나서 검사들과 대화한다며 TV 방송에 출연하여 평검사들과 대담하는 자리에서 "허심탄회하게 이야기합시다."라고 해 놓고는 어느 젊은 검사가 "대통령께서는 대통령이 되시기 전 변호사 시절에 검찰이나 법원에 수임 사건과 관련하여 부탁을 하신 일이 없으십니까?"라고 묻자 노무현 대통령 왈 "이쯤 되면 막가자는 거지요?"라며 웃음 반, 질타 반조로 말한

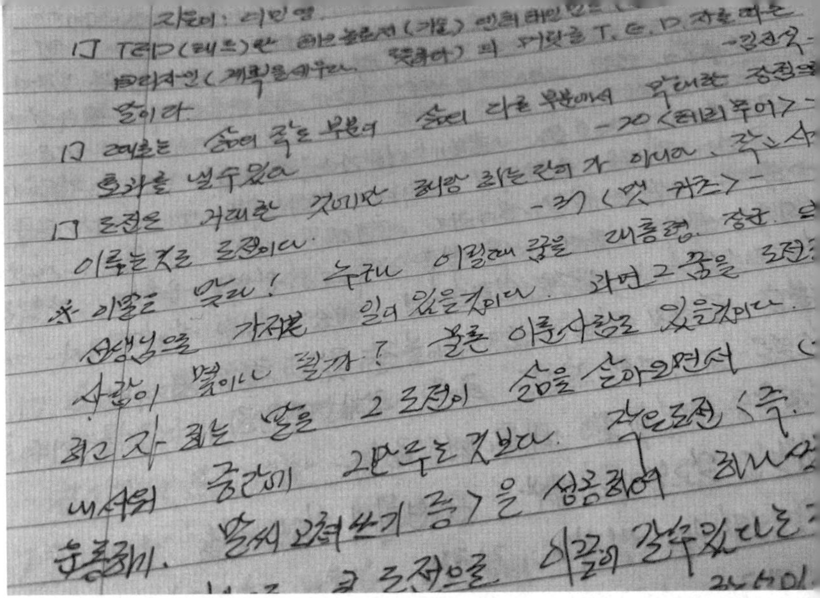

것이다.

소통을 한다 해 놓고 자기에게 불편한 진실을 물으면 싫어하고 자기에게 좋거나 유리한 말만 하자는 것이 보통 윗사람들의 생각 구조인 것이다. 소통을 한답시고 자기주장, 자기 말만 늘어놓는 경우는 윗사람 일수록 더욱 흔하다.

당신은 진정 소통하고 싶은가? 그렇다면 이렇게 해 보라!

먼저 비난을 받고 그 비난을 듣고 어떤 일이 있어도 고치겠다는 각오부터 세워라.

그다음 진심을 담아 거짓 없이 답하고 다른 사람의 말을 듣고만 있어 보라.

이렇게 되면 진정 무엇인가 통할 것이다.

4부

고난은
누구에게나
온다

서른네 번째 노트

진리는 변색되지 않는다

시대가 변한다 하여도 가장 근본적인 것은 쉽게 변하지 않는 모양이다. 18세기 영국의 정치가이자 외교관이었던 필립 체스터필드는 빼어난 글솜씨와 문필가로 명성이 자자했다. 인간의 본성과 심리를 꿰뚫는 예리한 관찰력과 이상과 현실 사이에서 가지는 냉철한 판단력으로 활발하게 저술 활동도 하였다고 알려졌다. 그는 네덜란드 대사로 근무하던 시절 30년간 아들에게 보낸 편지를 한데 모은 서간집을 출간하게 된다. 자녀의 성공과 행복을 바라는 아버지의 간절하고 섬세한 마음이 따뜻하면서도 냉엄하게 그려진 도서다. 이후 『아들아 세상에서 가장 친한 친구는 아버지란다』는 시간이 흐르고 시대가 바뀌어도 현실을 바탕으로 한 냉철한 충고가 되어 영국의 청년들에게 인생 교과서로서 호평을 받았다고 한다. 더불어 이 책은 새무얼 스마일즈,

조나단 스위프트, 존 스튜어트 밀 등 영국의 저명한 지성인들에게 큰 영향을 끼친 것으로 유명하다.

앞서 말한 것처럼 아무리 시대가 변한다고 하여도 인간 사회에 필요한 올바른 가치관은 쉽게 변하지 않는다는 것을 느낄 수 있었다. 이것은 이념적이지도 종교적이지도 않은 순수 인간관계에 집중한 내용이기 때문이었다. 이 책은 주로 아들이 사회적인 상황에서 어떻게 행동해야 하는지 어떻게 말을 하고 어떻게 태도를 가지는 것이 중요한지 등에 대해 다루고 있다. 아버지의 조언은 주로 교양, 말과 글쓰기, 독서, 사회적인 규범과 예절, 인간관계 등에 관한 내용을 다루고 있으며 교양 있는 사람이 되기 위해 문학 작품을 읽고 언어와 문법을 연습하고 사회적인 상황에서 예의를 갖추는 것의 중요성을 강조한다. 또한 아들에게 인간관계에서 존중과 배려, 자기 통제, 협동 등의 가치를 가지는 것을 가르치며 성공적인 인생을 살기 위한 원칙들을 전달하고 있다. 이 책은 아버지의 지혜와 경험을 통해 아들이 성장하고 발전할 수 있도록 도와주는 도서이다. 아들에게 필요한 교양과 사회적인 기술, 인격적인 성장을 위한 조언과 원칙들을 담고 있으며 독자들은 아버지의 가르침을 통해 자신의 삶을 반성하고 개선해 나갈 수 있는 인사이트를 얻을 수 있게 해 준다.

이 책과 비슷한 느낌으로 앞서 언급한 『유배지에서 보낸 한

철』이 떠오른다. 내가 나의 자녀들에게 보내는 편지 같은 느낌이 들기 때문이다. 이 세상 어느 부모가 자식에게 당부하고 싶은 말이 없겠는가? 그대가 부모가 된 후 이 책을 읽는다면 같은 심정일 것이다. 이 세상에서 무엇보다 훌륭한 공부는 실천이기 때문에 나는 무엇보다 자식들이 실천하는 삶을 살아가길 바라고 있다. 규범화된 조직에서도 너무 경직되어 있지 말고 언제나 유연하게 사고했으면 좋겠다. 단정한 차림새로 부드럽고 절도 있는 행동과 태도로 사람들의 마음을 사로잡길 바라며 견해가 달라도 진지하고 너그럽게 상대방에게 귀 기울이는 어른으로 성장하길 바란다.

서른다섯 번째 노트

자녀의 교육 철학에 대하여

아이를 양육하고 교육하는 것만큼 힘들고 신경이 많이 쓰이는 일도 없을 것이다. 아이를 위한 것이라면 무엇이든 해 주고 싶은 것이 부모의 마음이다. 넘치게 사랑하고 아낌없이 지원하려고 하지만 정작 아이가 필요로 하는 것이 무엇인지는 생각해 보지 않는 경우가 많다. 아이의 미래를 위해 어떤 희생도 다하겠다고 각오를 하지만 아이들은 그런 부모의 마음과 다르게 성장하기도 한다. 아이들 마음에 생긴 가장 깊은 상처 대부분은 바로 부모와 연결되어 있다고도 하는데 이건 아무래도 양육 방식에서 생기는 것이 아닌가 싶다. 사랑하기 때문에 간섭하고 사랑하기 때문에 참견하는 것이지만 『엄마가 아이를 아프게 한다』의 저자는 부모가 주고 싶은 사랑이 아닌 아이가 원하는 사랑을 주라고 이야기하고 있다. 양육 방식을 부모에서 자녀의 입장으로 바꾸어 보자는 견해이다. 부모의 기대치를 충족시키기 위해 아이가 얼마나 애쓰며 지쳐 가는지 살펴보자는 것이다. 자식이 부모의 마음을 알 수 없는 것처럼 부모도 자식의 속마음을 알기 힘들다. 좋은 부모가 되기 위해 자녀가 느끼고 생각하고 원하는 것을 알아주고 거기에 맞게 대응해 주는 것이 필요하다고 이 책은 이야기하고 있다.

부모가 가져야 할 것은 큰 목소리와 체벌할 수 있는 힘이 아니라 자녀를 제대로 바라보는 눈과 마음이다. 양육에 정답은 없다고 생각하지만 어느 정도는 아이의 입장에서 생각해 보려는 태도가 중요하다고 생각한다. 사랑을 잘 느끼고 받아 본 아이가 남에게 사랑도 줄 수 있는 어른으로 성장한다고 본다. 맹목적으로 떠받들 듯 아이를 대하는 것에는 반대하지만 충분히 아이가 부모로부터의 사랑을 느끼며 자라는 것은 매우 중요한 부분이다.

누구보다 자신의 아이에 대해 잘 알고 있다고 믿는 부모들은 아이들을 사랑한다고 말하면서 아이를 믿지 못해 잔소리하고 간섭하며 조바심을 내는 경우가 많다. 사랑이 조바심이 된다는 것은 경계해야 할 일이다. 무엇이든 해 주는 것보다 무엇이든 해낼 수 있는 아이가 될 수 있도록 자립심과 독립심을 키워 주는 부모가 되어야 할 것이다. 아이의 해결 능력은 스스로 해결해 본 경험과 성취감으로 자라나게 된다. 자녀를 믿는 것은 중

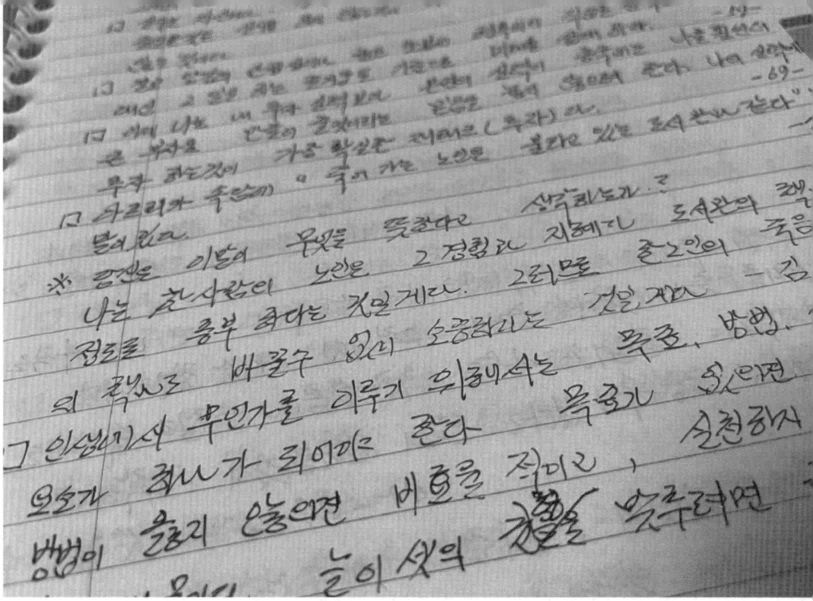

요하지만 균형 감각을 잃지 말아야 한다. 부모가 어떤 마음으로 자녀를 길렀는가는 아이를 보면 알 수 있다 그것은 아이에게 지울 수 없는 흔적으로 남는다. 아이는 그 흔적을 따라 인생의 목표나 자세를 찾게 된다. 아이에게 좋은 흔적을 남겨 주기 위해 부모는 자녀를 끌고 가려 하지 말아야 한다. 부모의 사랑이 부담이 되면 자녀 몫의 삶이 사라져 재미를 잃게 된다.

우리 이렇게 한번 생각해 보자. 지금 아이들에게 "공부해라!", "공부 잘해야 좋은 대학 가고 큰 사람 된다!", "너는 오직 공부만 하면 되는데 왜 그걸 못 해!" 하고 아이를 다그치는 부모가 있다면 그에게 묻는다.

그러는 당신은 어렸을 때 어떠했는가?

당신은 어렸을 때 몇 등이었고 얼마나 공부를 잘했는가?

당신이 못한 것을 아이에게는 왜 다그치는가?

그때는 사정이 달랐다고?

그러면 지금은 당신 또래 부모 중에서 당신의 위치는 어디인가?

이러는 나는 어떠했느냐고?

나는 어릴 적에 공부도 보통, 놀이도 보통이었고 지금의 나 또한 보통이다. 나는 젊을 때는 아이들에게 앞에서 말한 잔소리와 질타를 했지만 어느 날부터인가 아이들에게 자신의 길은 자신이 만들어 가도록 지켜보고 있다. 그 이유는 첫째, 내가 아무리 부모지만 아이와 영원히 생을 같이 할 수 없고 우리는 언젠가는 반드시 헤어진다. 둘째, 내가 아무리 잔소리나 가르침을 준다 해도 결국은 자신이 경험하는 것을 당할 수 없기 때문이다.

평소 내 마음에 가장 강력하게 자리 잡고 있는 생각 하나가 있다. 그것은 더 이상 물러설 곳이 없는 '절박함'이 있어야 길을 찾게 된다는 생각이다. 당신이 아직도 깨어나지 못했다면 아직도 이 '절박함'이 없기 때문이다.

인생은 각자가 자기 삶을 살아가면서 스스로 뉘우치고 시행착오를 수정해 가며 살아가는 것이다. 이것을 알지 못하면 평생을 헤매다가 고생하며 어려운 삶을 살게 될 것이다. 이 또한 본인이 선택하고 본인이 쌓아 놓은 결과가 아니겠는가.

서른여섯 번째 노트

평가는 늦어도 괜찮다

커피 한 잔을 만드는 데는 커피콩 100개, 현지 가격은 10원, 이윤의 1%는 소규모 커피 재배 농가의 몫, 이윤의 99%는 미국의 거대 커피 회사, 소매업자, 중간 거래상의 몫이다. 1%에 속하는 전 세계 커피 재배 종사자는 50여 개 국에 2천만 명, 그들의 대부분은 극빈자며 어린이다. 현실이 이러한데 우리는 무엇이 부족하다고 말할 수 있겠는가?

일당 2000만 원을 받는 데이비드 베컴, 일당 300원을 받는 파키스탄의 축구공을 만드는 아이들. 이 아이들은 축구공 하나를 만드는 데 32조각의 가죽과 1,620회의 바느질이 필요하다. 그 아이들이 만든 수제 축구공 한 개의 가격은 15만 원이다. 나머지 14만 9700원은 어디로 갔을까? 모두가 거대 유통 회사와 중간 상인의 이윤이라는 뜻 아닌가.

저소득층의 폐암 사망 위험도가 고소득층에 비해 1.4배 높은 것으로 나타났다. 흡연은 건강에 나쁜 것은 물론 사회 계층 간 건강 수준 불평등을 초래하는 중요 원인 중 하나이다. 담배 판매 연간 정부 수입 7조 원, 그중 금연 사업에 책정되는 예산은 1.7%이다. 이것을 보고 어떤 생각이 드는가? 소득이 낮을수록 담배는 더 피우고 담배를 더 피울수록 건강은 더 나빠지는 악순환이 생기며 정부의 금연 정책은 겉과 속이 다르다는 것을 느낀다.

태극기의 바탕을 이루는 백색은 흰빛과 평화를, 가운데 자리 잡은 원은 세상천지 우주 만물을, 원 안에 그려진 태극은 끝없이 이어지는 역사를, 태극의 붉은빛은 밝음, 푸른빛은 어둠을 뜻한다. 따라서 태극기는 밝음과 어둠, 기쁨과 슬픔이 공존하는 역사를 담고 있다.

『광주민주화운동 주요 사건 일지』는 직접 읽어 보길 권한다. 나는 이 당시 경찰관으로서 경장 승진 시험에 합격하여 경북(현재는 대구) 달성경찰서 구지지서 차석으로 발령받아 근무하고 있었다. 나는 이 기록을 보면서 정치가 얼마나 국민들의 눈과 귀와 입을 막고 또 국가나 사회의 지도자들이 얼마나 자기네 필요한 대로 국민을 이용하고 호도하는지 알게 되었다.

당시 정치 지도자들과 공직자들은 "광주에 간첩이 나타나서 전쟁(무장 소요) 상태에 있다.", "경상도 사람은 광주에 가면 모

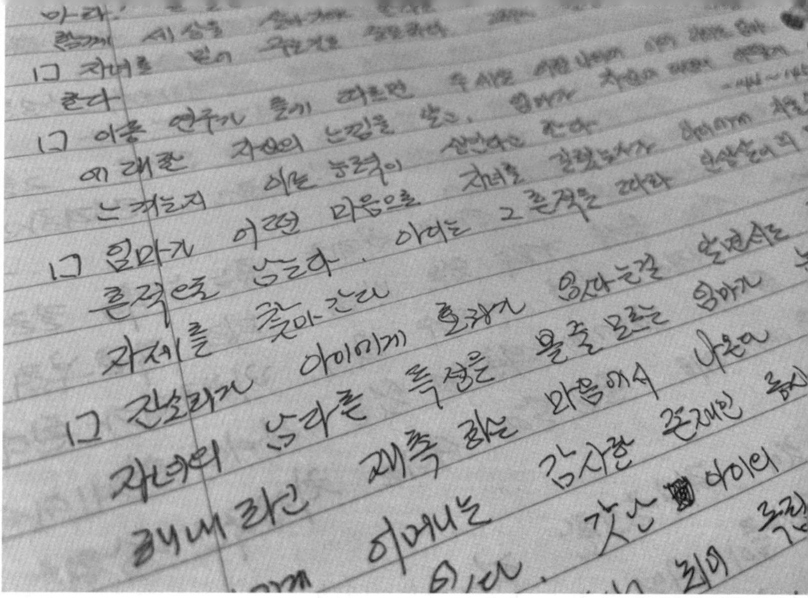

두 죽는다."라며 국민을 공포에게 공포를 조장하고 영호남 갈등으로까지 몰고 갔었다.

나는 이때부터 정치가와 사회 지도자에 대하여 반신반의하게 되었는지도 모른다. 정치가와 사회, 국가지도자가 국민을 위해 일한다? 정말 그럴까? 나는 아니라고 본다. 모두 자기들을 위하여 국민을 이용하고 있다고 보아야 한다.

1858년 베트남은 프랑스 식민지가 되었다. 1911년 프랑스 여객선의 식당 보조로 베트남을 떠난 스물한 살의 청년 '호치민'은 적국 프랑스에서 두 가지를 배웠다. 그것은 급진적 자유주의 사상과 식민지 노예의 참상이었다. 1918년 프랑스 사회당에 가입했지만 당은 이념뿐 식민지 문제는 등한시했다.

"식민주의를 비난하지 않고 핍박받고 있는 사람들을 옹호하지 않는다면 당신들이 주장하는 혁명이란 도대체 무엇이란 말인가?", "자유와 독립보다 소중한 것은 없다.", "나를 이끈 것은 공산주의가 아니라 애국심이었다.", "민중이 이해할 수 없다면 그것은 더 이상 혁명 이론이 될 수 없다.", "혁명을 하고도 민중이 여전히 가난하고 불행하다면 그것은 혁녕이 아니다."

1954년 5월 7일 '디엔 비엔푸' 전투에서 프랑스군 5천 명 사살, 1만 명 항복, 80여 년 프랑스 식민 통치 종결. 이후 베트남은 전쟁에서 미국을 이긴 최초의 나라였지만 호치민은 베트남 통일을 보지 못하고 세상을 떠났다. 내가 왜 호치민에 대한 기록을 비교적으로 상세하게 기록하는가 하면 나는 월남전쟁에서 직접 전투에 참가한 사람이기 때문이다.

참전 당시에는 '적국'으로만 생각되었는데 전쟁이 끝난 지금의 시대에서 보면 같이 살아갈 이웃이요 인류가 아니던가! 그러고 보면 어느 한 순간만 보고 이렇다! 저렇다! 할 것이 아닌 것이다. 무슨 일이든 평가는 그 순간에 하지 않아도 된다. 삶을 살면서 어느 한 순간에 어느 한 순간만 보고 이렇다! 저렇다! 평가하지 말았으면 좋겠다. 지금의 평가가 설사 맞다 할지라도 세월이 흐른 후 몰랐던 진실을 알 수도 있고 감춰진 진실이 드러날 수도 있다. 평가는 늦어도 괜찮다. 지금 하려고 들지 마라.

서른일곱 번째 노트

마음 트레이닝

한국 최초의 시각 장애인 박사 강영우는 10대 소년 시절 맹인이 되었고 고아가 되었다. 시력을 잃은 뒤 양친과 소녀 가장이 된 누나마저 잃고 두 동생을 책임져야 하는 고아가 되었다고 한다. 아홉 살 된 여동생은 고아원으로 보냈고 열세 살 된 남동생은 철물점으로 보내야 했다고 하는데 이런 절망적인 상황에서 환경에 굴하지 않고 도전적인 자세를 유지하는 것은 존경스럽기까지 하다. 일이 잘 풀리지 않거나 상황이 점차 악화되면 자연스럽게 주변이나 타인을 탓하기 쉽고 부정적인 생각에서 벗어나기가 쉽지 않은 법인데 그는 어린 나이임에도 확실한 자기 철학을 가지고 있었다. 자신의 삶을 온전히 받아들이는 것부터 시작한 그는 열심히 노력하는 원동력을 최고의 가치로 생각하는 듯하다. 원동력은 선명한 비전과 목표를 가지는 것에서부터 시작하며 확실한 목표는 자신감과 자존감을 갖게 하여 긍정적이고 올바른 가치관을 확립하게 한다. 그는 『원동력』을 통해 교육의 3대 영역은 지력, 심력, 체력이라 밝혔는데 그중 제일은 심력을 꼽았다. 하지만 한국의 교육은 심력을 기르는 것에 소홀하고 지력을 중심으로 교육의 목표가 이루어진다는 것에 많은 안타까움을 나타냈다. 강영우 박사는 심력 중에서도 자신감과 자존감이 가장 중요한 것으로 언급했다. 그의 생애를 통하여도 알 수 있는 대목이다. 최악으로 흘러가는 상황에서도 자신감과 자존감이 꺾이지 않는다면 어떤 어려움도 이겨 내는 모습을 보인다는 것이다. 우리가 자녀에게 심어 주어야 할 한 가지가 있다면 그건 강영우 박사처럼 포기하지 않는 법이어야 한다. 사소하고 결과가 좋지 못해 마무리를 하지 않는 편이 좋은 일이라도 다음 목표를 잡기 위해서는 지금 눈앞의 목표들을 마무리할 줄 알아야 한다. 그리고 이것은 아이의 독립심과 성취욕을 높이는 데 큰 도움이 되는 부분이다.

긍정적인 마음은 훈련되는 것이라고 강영우 박사는 말했다. 어떤 상황에서도 부모가 긍정적인 면을 찾아내어 자녀가 어릴 때부터 훈련시키며 학습 효과를 극대화할 것을 이야기했다. 부정적이든 긍정적이든 생각과 태도는 학습되는 법이다. 가난과 역경도 마찬가지어서 가난과 역경을 만났을 때 불행하다고 느낀다면 낙담하여 낙오된 삶을 살 것이고 그것을 긍정적인 기회

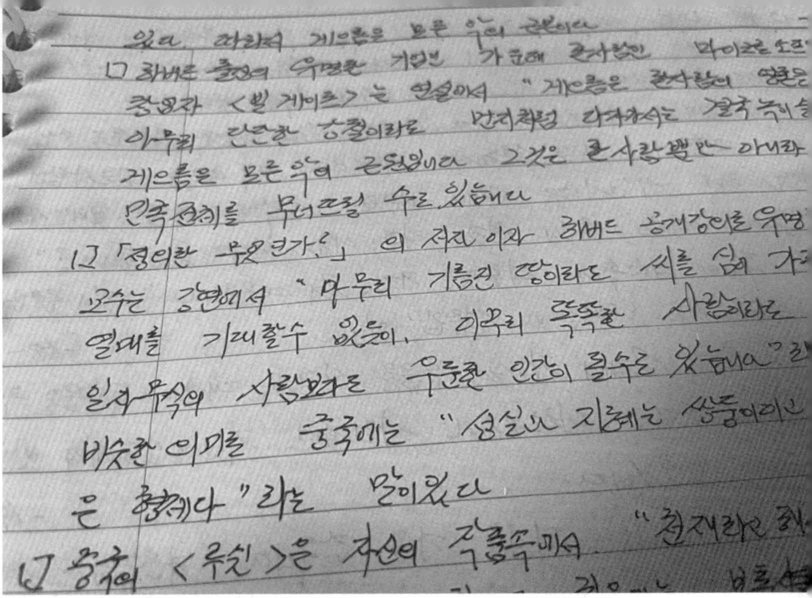

로 생각하고 도전하면 승리하여 행복한 삶을 살게 될 것이다. 강영우 박사는 늘 두 아들에게 "너희들은 맹인인 나를 뛰어넘어야 한다."고 가르쳤다고 한다. 극복해야 할 대상이라면 그것이 장애든 아버지든 가리지 않아야 한다는 뜻이라 생각된다. 어려움은 극복하거나 이겨 내야만 하는 대상임을 상기해야 한다.

정체성은 무엇과 자신을 동일시한다는 의미이다. 정체성을 확립하는 시기에는 자신과 동일시할 수 있는 모델을 찾는 것이 매우 중요하다. 성장기 아이를 둔 부모는 아이에게 훌륭한 모델이 되어 주어야 한다. 그리고 이것은 신뢰를 바탕으로 이루어진다. 신뢰는 만 두 살 때까지 학습하는 것이 바람직한 것으로 알려져 있다. 바쁜 일상이 계속 되더라도 부모와 자식 사이의 신뢰를 쌓는 것에 소홀하지 않았으면 좋겠다. 강영우 박사는 젊은 세대에게 당부하고 싶은 것으로 분명하고 궁극적인 목적과 비전을 세우라고 말했다. 이것은 막연한 이상만 품어서는 안 된다는 말이기도 하다. 강영우 박사의 자서전을 읽으며 어린 나이에 시각 장애를 겪으면서 양친과 누나마저 잃은 환경에 굴하지 않고 역경을 이겨 내고 성공을 거둔 저자의 노력에 감탄한다. 이 책 표지의 "인물은 길러지고 명문가는 만들어진다."는 글은 저자의 정신세계를 한마디로 요약한 것이라 생각된다.

나의 어릴 적 목표는 가난에서 벗어나는 것이었다. 나는 이 목표를 이루기 위해 전쟁터도 가 보았고 탄광의 막장에서 갇혀도 보았다. 독학으로 고졸 검정고시에 합격하여 공무원이 된 후 나는 비록 부(富)는 이루지 못하였어도 가난을 면할 정도는 되었고 나의 형제자매가 모두 공무원이 되는 초석을 놓았다. 이로써 우리 집안은 탄광의 광부(鑛夫)와 농촌의 농부(農夫)의 집안에서 공무원 집안으로 탈바꿈했다. 비록 말단이지만 5남매 모두가 공무원이 된 가정은 그리 흔하지 않다. 이것이 내가 보람으로 여기는 일 중 하나이며 나의 삶이다. 중학교를 졸업한 내 삶이 이러한데 대학을 나오고 외국 유학을 갔다 온 나의 자녀들은 나보다 더 큰 업적을 이 사회에 남기리라 믿는다.

서른여덟 번째 노트

고난은 누구에게나 온다

『하버드 새벽 4시 반』이 도서는 세계 최고의 대학으로 꼽히는 하버드대학교에서는 어떤 사람들이 무엇을 배우기에 노벨상 수상자와 미국 대통령과 같은 저명한 인사들을 배출하는지 보여 주고 있다. 하버드의 특별함이 어디에서 나오는지 분석하면서 불안한 미래를 걱정하며 방황하는 청소년들에게 하버드식 성공 법을 알려 주고 있다. 이 도서의 저자는 하버드와 그 학생들을 다음과 같은 특별함을 노력, 자신감, 열정, 행동력, 배움, 유연성, 시간 관리, 자기반성, 꿈, 기회로 정리하며 실패의 이유는 단지 '노력 부족'이라고 말한다. 하버드 출신들은 성공의 여부는 남는 시간을 어떻게 쓰느냐에 따라 달려 있다고 생각한다며 아인슈타인 또한 "인생의 차이는 여가 시간에 달려 있다."고 밝힌 바 있다고 했다. 시간 관리를 얼마나 중요하게 여기는

지 느낄 수 있는 대목이었다. 무엇보다 크게 다가왔던 것은 "노력해야 성공한다는 것을 아는 사람은 많지만 실제 실천하는 사람은 그리 많지 않다. 실천하는 노력이 천재를 만든다."라는 부분이었다. 실천하는 노력이야말로 재능이며 성공으로 이어지는 최고의 방법이라는 것을 다시 한 번 느끼는 순간이었다. 성공한 사람들은 가만히 앉아서 성공이 찾아오기를 기다리지 않는다. 그들은 요행을 가지지 않기 때문이다. 운 좋게 얻은 것은 내 손을 떠나기도 쉬운 법이다. 나는 아이들에게 시간이 날 때마다 "요행을 바라지 말라!"는 것과 "빌려서 쓰는 생활은 하지 말라!"고 늘 당부해 왔다. 최고의 마인드셋은 자신감이며 이것은 마법의 주문과 같다. "나는 할 수 있다."라는 마음속 외침은 어떠한 상황에서도 스스로를 최상의 상태로 고취시킬 수 있는 주문이다. 기회는 운 좋게 얻어지는 것이 아니다. 더 이상 나아갈 길이 보이지 않을 때조차 앞으로 나아간 사람만이 그 길의 주변에 더 좋은 길들이 있음을 깨닫게 되고 그 순간을 기회라고 말할 수 있는 것이다. 기회는 그냥 얻어지는 것이 아니다. 기회가 왔을 때 그 기회를 잡을 수 있도록 오랜 세월을 두고 능력을 길러온 사람만이 기회를 인지하는 지혜를 가지게 된다. 준비되지 않은 사람은 기회가 와도 그것이 기회인지를 모른다. 인생이라는 바다에 상처 없는 배는 없다. 우리가 지양해야 할 것은 상처 나는 것이 두려워 자신감을 잃는 것이다. 어려운 일이겠지만 자신감의 비결 중 하나는 실패를 두려워하지 않는 것이다.

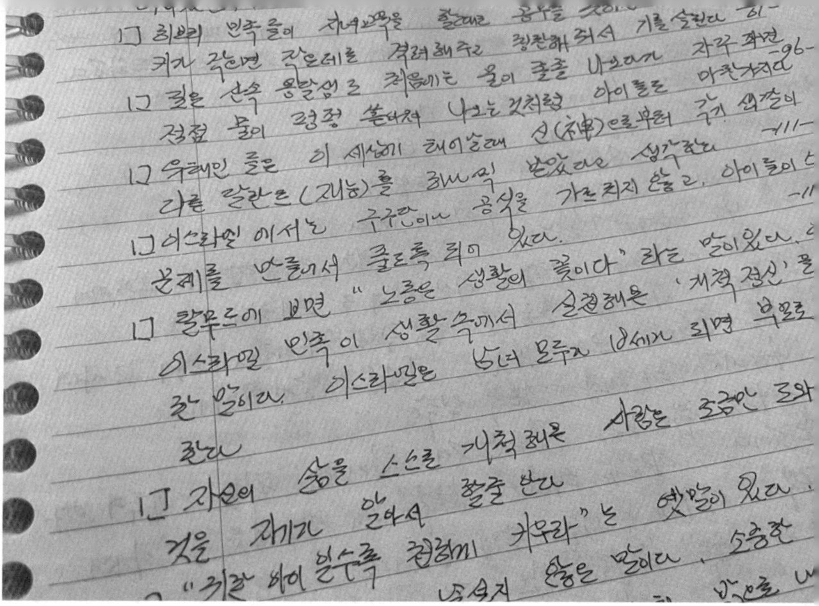

나는 나의 자녀들이 성장하면서 어떻게든 독립적으로 나가 살도록 유도해 왔다. 외부 세계를 모르면 언제나 자기가 제일인 줄 알고 노력하지 않아 발전이 없기 때문이다. 캥거루족이라 부를 정도로 자녀를 독립시키지 않고 부모의 품에서 오랫동안 키우는 부모들이 있다고 한다. 마음은 알겠으나 그것은 진정 자녀를 위한 것이 아님을 느꼈으면 한다. 실패와 상처 없이는 어떤 성공도 승리도 쟁취할 수 없다. 스스로 날지 못하는 새가 어떻게 자신의 먹이를 사냥할 수 있겠는가. 커다란 날개가 있어도 그 날개를 지탱할 수 있는 근육이 없다면 그 새는 멀리 날아갈 수가 없다. 자녀가 더 높은 곳에서 더 멀리 날아가길 원한다면 자녀의 근육을 일찍부터 키워 주길 바란다.

모든 권력과 경제는 결국 시간의 지배로 이어진다. 시간은 돈이라고 부르기도 하지만 생명이기도 하다. 시간을 아끼는 것은 자신의 몸을 아끼는 것과 같은 것이다. 우린 인생이 유한하다고 알고 있지만 우리가 아는 그 유한한 시간을 생각만큼 소중하게 쓰고 있지 못한다고 생각한다. 세상에 태어난 사람은 일정한 시간에 도달하면 죽음이라는 것을 맞이하게 된다. 지금 보내는 1분 1초가 죽음을 향해 달려가고 있는 것이다. 따라서 시간은 곧 생명인 것이다. 시간을 어떻게 보내느냐 하는 것은 내 몸을 어떻게 쓰는 것인가와 같은 말이다. 자신에게 주어진 시간을 보다 소중하게 생각했으면 좋겠다.

성공하는 사람이란 우연히 그냥 탄생하는 것이 아니다. 배우고자 하는 자세와 끊임없는 노력 그리고 고난을 이겨 내는 인내력이 갖추어질 때 탄생하는 것이 '성공한 사람'이다. 파도에 부딪치지 않은 배가 없듯이 사람을 비롯하여 만물이 고난이 없었던 것은 없다.

저 하늘의 창공을 날고 있는 새를 보라! 그들은 바람을 이기고 창공을 날고자 무수한 날갯짓을 하고 있지 않은가. 또 이제 막 움트는 새싹을 보라! 그들 또한 모진 한파와 눈보라를 견뎌 낸 후 하나의 싹을 움틔우지 않았는가. 당신이 이겨 낸 만큼 다른 만물과 사람들도 고난을 겪는다. 삶에서 고난이 없기를 바라지 마라.

고난은 누구에게나 있다. 고난이 없기를 바라느니 차라리 그것에 어떻게 대처할 것인가를 고민해야 한다. 오늘의 어둡고 추운 밤이 지나고 나면 반드시 내일은 밝고 따뜻한 날이 당신을 기다리고 있을 것이다.

서른아홉 번째 노트

마음 씨앗

『마음한테 지지 마라』 이 도서를 읽고 마음이라는 것은 무엇일까를 한참 동안 생각했다. 마음은 '나'로 표현되는 자아로 생각되기도 하지만 내가 느끼는 모든 감정을 통틀어 '마음'이라고 부르는 것 같다는 생각이 들었다. 결국에 마음한테 지지 마라는 것은 나 자신의 감정에게 지지 마라는 뜻으로 이해가 되었다. 생각해 보면 타인과의 경쟁보다 나 자신과의 싸움이 더욱 힘들고 거칠었던 것 같다. 나 자신조차 뛰어넘지 못하면서 어떻게 타인과의 경쟁을 생각할 수 있을까? 어불성설이라고 생각한다.

김이율 작가는 우리의 내면을 잘 관찰하는 것이 중요하다고 생각하는 듯하다. 부정적인 자아 대화, 자기 비하, 자기 불신 등과 같은 부정적인 마음의 패턴에 대해 다루면서 독자들에게 자신의 마음을 수용하고 사랑하는 것의 중요성을 강조한다. 긍정적인 마인드셋을 형성하고 목표를 설정하며 실행하는 과정에서도 마음의 상태와 관련된 요소를 언급했다. 모든 건 마음먹기에 달렸다는 말이 계속 생각이 났다. 독자의 동기 부여를 가장 중요하게 생각하는 건 모든 자기 계발서에서 볼 수 있는 공통적 요소이다. 많은 자기 계발서를 읽어 보았지만 이 부분을 언급하지 않은 도서는 없었다. 방법의 차이가 있을 뿐 결국에 긍정적인 동기 부여를 통해 사람들이 앞으로 나아가길 원하고 있다. 마음의 모양은 마음먹기에 달려 있기에 건강한 마인드가 가장 중요하다고 볼 수 있다. 거대한 성(城)도 작은 돌 하나로 시작하고 울창한 숲도 작은 씨앗 하나에서 출발하듯 우리의 마음도 풍요로움이 가득한 튼튼한 성(城)이 되기 위해선 마음의 근본이 되는 마인드를 올바르게 가져야 한다.

나는 마음에 대하여 밖으로 발표한 바는 없지만 나의 PC '원고' 파일에 이렇게 남겨 둔 바 있다.

1) 효(孝), 불효(不孝)에 관하여

효를 먼저 생각하는 사람은 부모로부터 억만금의 빚을 넘겨받아도 낳아 주셔서 감사하다고 여기고 효를 생각하지 않는 者(자)는 부모가 억만금을 물려주어도 더 안 줘서 못 일어났다라고 원망한다.

2) 성공과 실패에 관하여

성공하는 사람은 어디든 길은 있다고 생각하며 그 길을 찾으려 애쓰고 실패하는 사람은 길이 없다고 여기고 주저앉아 세상과 남을 원망하며 시간만 보낸다.

3) 부(富)와 빈곤에 관하여

부를 이루는 사람은 자기 대(代)에서 일구어 가며 후대(後代)로 넘겨지지만 부를 이루지 못하는 사람은 윗대에서 무엇 했는지 모르겠다고 비난하면서도 막상 자기 자신도 후대를 위한 대비는 하지 않으면서 부러워만 한다. 이 모든 것이 마음에서 생기는 것이고 보면 사람이 살면서 가장 먼저 갈고 닦아야 할 것이 마음이다.

마흔 번째 노트

유대인의 지혜

『탈무드』는 기원후 5백 년 바빌로니아에서 편찬되기 시작했다. 현존하고 있는 것 중 가장 오래된 『탈무드』는 1334년 손으로 쓰인 것이다. 1244년 파리에 있던 모든 『탈무드』는 가톨릭 교도들에 의해 몰수되어 불태워졌고 동시에 금서(禁書)로 지정되었다.

『탈무드』는 유대교의 중요한 종교적 문헌으로, 유대인들의 종교 법전인 '민가'와 함께 유대교의 근본적인 규범과 지침을 담고 있는 문헌이다. 『탈무드』는 유대인들의 종교적 생활, 윤리, 법, 식물 등 다양한 주제에 대한 토론과 해석을 포함하고 있다. 『탈무드』는 크게 미츠라(법전)인 '미츠나 토라'와 해석인 '탈무드'로 구성되어 있다. 『탈무드』는 유대인들의 종교 교육과

학문의 중심 역할을 하며 유대인들의 종교적 실천과 윤리적 지침을 제공한다. 『탈무드』는 많은 주제와 사례를 다루고 있어서 유대인들의 생활과 윤리, 법적 문제 등에 대한 이해를 도모하고 종교적 지식과 지혜를 전달하는 중요한 문헌이다.

『탈무드』는 읽는 것이 아니라 배우는 것이라고 한다. 『탈무드』를 제대로 이해한다면 사고방식을 확립하는 데 큰 도움이 될 것이라는 게 세간의 평가이기도 하다. "공부야말로 올바른 행동을 만든다."는 유대인들의 속담은 괜히 생긴 것이 아니라는 생각이 든다. 『탈무드』는 단순 유대교의 종교적 가르침만을 전달하지 않는다. 여러 사례와 이야기를 통해 유대인들의 지혜가 총집합된 저서라 보는 것이 알맞은 것 같다.

『탈무드』를 보며 유대인들이 자녀 교육에 얼마나 많은 정성을 들여 왔는지 알 수 있었다. "지혜가 없으면 아무것도 못 가진다는 것은 지혜가 있다면 모든 것을 가질 수 있다는 말과 같다." 유대인은 이런 믿음을 가지고 자녀들을 교육시켜 왔다고 한다. 오직 지혜를 가짐으로써 살아남을 수 있다는 신념을 가진 것으로 이해가 되었다. '배움'이라는 말 속에는 '흉내 낸다.'는 뜻도 내포되어 있다고 볼 수 있는데 배움이 흉내에서 비롯된다는 것을 일찍이 알고 있는 듯했다. 유대인의 말에 따르면 자식은 언제나 자식이고 부모는 아무리 나이를 먹어도 부모 역할을 하는 것을 자랑으로 삼는다고도 하는데 유대인 가운데 늙고 나서 자

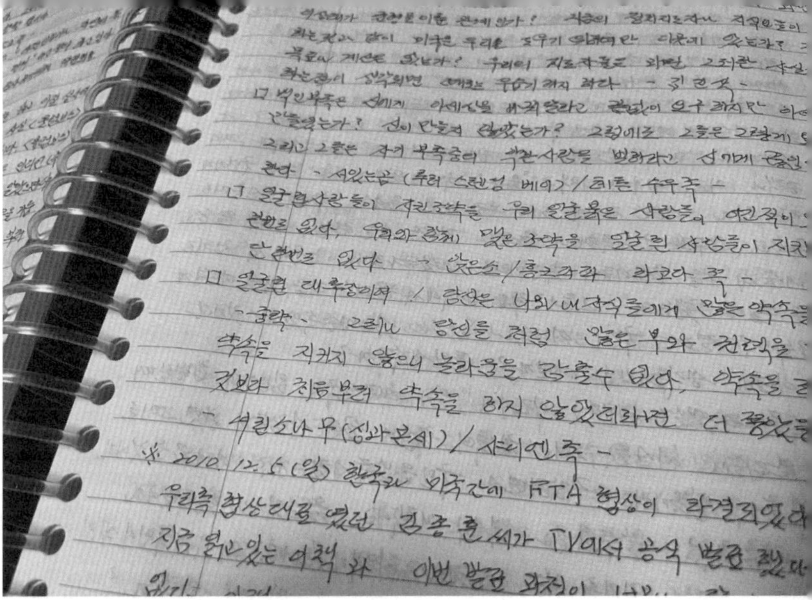

식들의 부양을 받겠다고 생각하는 사람은 하나도 없다고 한다. 그들의 독립적인 사고방식은 유년 시절부터 철저하게 자립심을 교육시킨 결과가 아닌가 하는 생각이 들었다. 그리고 다른 민족과 다르게 유난히 현실적인 측면이 강조된 삶과 사고방식을 가지고 있는 것은 불교나 기독교와 다르게 윤회나 부활을 믿지 않는 것이 중요하게 작용한 것 같다. 유대인에게 있어 시간은 생의 전부라 해도 과언이 아니다. 그들의 철저한 시간과 경제에 대한 관념은 괜히 도드라진 것이 아니라는 생각이다. 『탈무드』에는 "매일매일 오늘이 네 최후의 날이라고 생각하라."는 대목이 있는데 이 부분과 잘 연결되는 것 같다.

유대인 격언에 "돈을 벌기는 쉬운 일이지만, 어떻게 쓰느냐는 매우 어렵다."라는 말이 있다. 아이들은 '저축'하는 행위를 먼저 배우고 신중하게 돈을 사용하는 방법을 배워 간다고 한다. 나는 어릴 때 어른들이 "돈을 벌기는 어렵지만 쓰기는 쉽다."라고 말하는 것을 자주 들었다. 우리가 유대인들의 사고와 완전히 다른 것인가? 하는 생각도 잠시 들었다.

당신이 어느 종교나 철학을 가지고 있든 당신과 당신의 자녀 그리고 그 후손에 이르기까지 잘 사는 삶을 살고 싶다면 그들은 모두 한결같이 배우고 익혀 베풀 수 있어야 한다. 베풀지 않는 부자는 수전노(守錢奴)가 되기 쉽고 베풀 줄 모르는 학자는 탁상공론(卓上空論者)에 불과하기 때문이다.

능력을 길러 베풀어라! 그러면 당신이나 그 후손이 진정 잘 사는 삶을 살았다는 것을 알게 될 것이다. '베푼다'는 것은 꼭 돈이나 재물만을 말하는 것은 아니다. 한 번의 사랑스러운 눈빛이나 다정한 미소일 수도 있고 자애스러운 말 한 마디나 어렵고 급할 때 내밀어 주는 한 번의 손일 수도 있다. 당신이 보내는 그 행동 한 번에 다른 사람의 운명이 바뀔 수도 있다.

마흔한 번째 노트

습관을 정복하라 1

듀크대학교 연구진이 2006년도 발표한 논문에 따르면 우리가 매일하는 행동의 40%가 의사결정의 결과가 아니라 습관 때문이라고 한다. 일상생활에 습관이 미치는 영향은 지대하다. 습관의 원리를 이해하면 좀처럼 변하지 않는 자신과 세상을 바꾸는 것은 매우 간단한 일이 될 것이다. 원하는 것을 뜻대로 이루지 못하는 것의 중심에는 습관이 있다. 우리가 후회할 줄 알면서도 같은 일을 반복하는 이유와 습관의 개선 방법에 대해 『습관의 힘』은 말하고 있다. 그동안 연구자들이 발견한 사실에 따르면 습관을 바꾸는 특별한 방법이 있는 것은 아니지만 우선 반복 행동의 패턴을 찾아내야 하며 습관을 바꾸는 일은 개인의 삶을 바꾸는 것뿐만 아니라 기업과 조직 공동체의 운명도 달라질 것이라 말한다.

세계적 기업 알코아 회장 오닐은 연쇄 반응을 일으키는 힘을 가지는 습관이 조직 전체에 퍼지면 기존의 다른 습관까지 바꾸어 놓는다고 하는데 이것을 '핵심 습관'이라고 했다. 일반적인 습관들을 좌지우지하는 습관의 주인인 핵심 습관이 명확해야 다른 습관들을 넝날아 바꾸고 개조할 수 있다는 입장이었다. 비슷한 이야기로 영국 하트퍼드셔대학의 제프리 호지슨 교수는 "개인에게 습관이 있다면 조직에는 반복 행동이 있다."고 말했다. 두 개념 모두 비슷한 맥락으로 해석이 되는데 조직 문화에 올바른 핵심 습관을 심는 것이 무엇보다 중요하다. 잘못된 습관은 조직을 망치게 되며 올바른 핵심 습관을 선택하여야 놀라운 변화를 이끌어 낼 수 있다. 잘못된 핵심 습관은 조직을 파국으로 몰고 갈 수 있기 때문이다. 잘못된 핵심 습관의 방치는 리더들의 무관심에서 비롯되며 이것은 독버섯처럼 조직에 퍼지게 된다. 조직에서 이런 습관이 중요한 것은 반복 행동이 없으면 기업은 어떤 일도 해낼 수 없기 때문이다. 이것을 매뉴얼이라고 부를 수도 있을 것이다. 반복 행동을 통해 기업은 불문율을 만들게 되고 시스템이 만들어지게 된다. 훌륭한 리더는 위기를 통해 조직의 습관을 개선하기도 한다. 실제로 조직에서 위기는 습관을 개선시킬 수 있는 유용한 기회이기도 하다. 현명한 리더는 의도적으로 위기의식을 끌어내기도 한다.

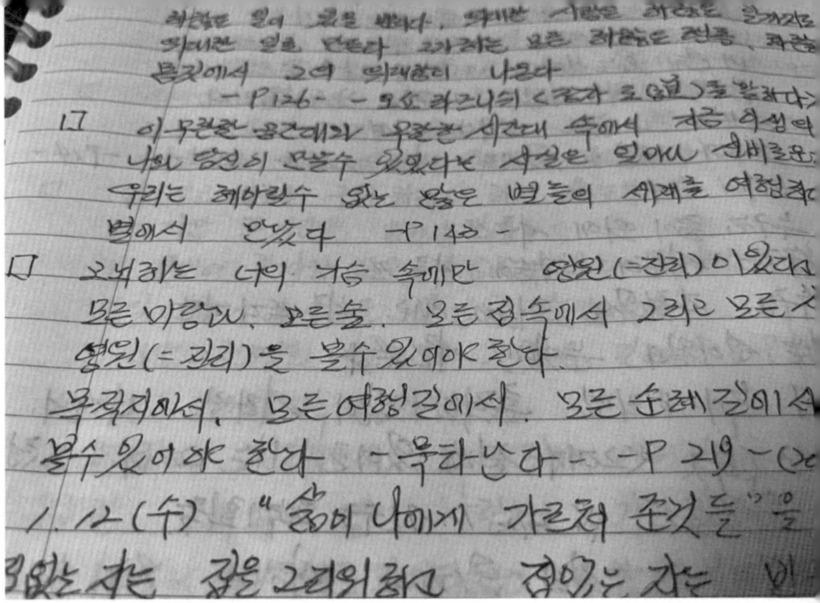

습관이 3요소는 신호, 루틴, 보상이다. 이것을 명확히 알아야 습관을 개선할 수 있다. 신호는 습관을 시작하는 트리거이고 루틴은 습관 자체이며 보상은 습관을 강화하는 동기 부여 요소이다. 습관은 우리의 일상생활에서 자동화된 반복적인 행동이다. 우리는 습관을 형성하면서 뇌의 신경 경로를 구축하고 신호-루틴-보상 사이의 연결을 강화시킨다. 습관은 점차적으로 자동화되어 의지력의 소모 없이 행동을 수행할 수 있게 된다. 습관은 의도적인 반복과 조건적 강화를 통해 형성된다. 우리는 신호를 인식하고 루틴을 실행하며 보상을 받음으로써 습관을 강화시킬 수 있다. 또한 습관을 변화시키기 위해서는 기존의 신호와 보상을 유지하면서 루틴을 대체하는 것이 중요하다. 앞서 말한 것처럼 습관은 개인적인 행동뿐만 아니라 사회적 관계와 조직 문화에도 영향을 미친다. 그리고 사회적 지지와 사회적 압박은 습관의 형성과 변화에 큰 영향을 줄 수 있다. 이를 이용하여 사회적 지지와 사회적 압박을 통해 습관을 형성하고 변화시키는 방법을 알아볼 수 있다.

연구자들이 습관을 연구할 때 가장 어려워하는 점이 대부분의 사람들이 어떤 습관이든 신속하게 바꿀 수 있는 비결을 알고 싶어 한다는 것이라고 한다.

습관을 바꾸는 공식은 하나가 아니라 수천 가지도 넘는다. 습관을 변화시키는 것은 결코 쉬운 일이 아니며 빠르게 진행되지도 않는다. 시간을 두고 꾸준히 노력하면 거의 모든 습관을 개조할 수 있다. 연구자들이 말하는 습관을 바꾸는 기본적인 틀은 다음과 같다.

1. 반복 행동을 찾아라.
2. 다양한 보상으로 실험해 보라.
3. 신호를 찾아라.
4. 계획을 세워라.

MIT 연구진이 습관에 대한 신경학적 고리가 있다는 걸 알아냈는데 신호-반복 행동-보상이 바로 그것이다. 어떤 습관이든 작동되는 과정을 알아내면 그 습관을 바꾸는 것은 시간 문제라고 한다. 앞의 나의 노트 어딘가에서 나는 "습관과 버릇을 구별

하고 싶다."라고 말하고 그 뜻을 비교적 상세하게 언급한 바 있다. 이 책에서 말하는 '습관'이라는 것이 내가 생각하는 대로 따른다면 '버릇'일 것이다. 좋은 습관은 간직하되 나쁜 버릇은 시간이 걸리더라도 어떻게 하든 고쳐야 한다. 그것은 개인과 사회에 모두 이로운 방향이 될 것이 분명하기 때문이다.

마흔두 번째 노트

습관을 정복하라 2

『습관 66일의 기적』 이 도서는 청소년들을 위한 자기 계발서로 습관이 학습(공부)에 어떤 영향을 미치며 습관의 변화를 통해 학습 능력을 향상 시키는 여러 모델을 소개하고 있다. 대한민국 상위 1% 학생들의 공부 습관을 들여다보며 자신이 가진 공부 습관과 어떤 차이가 있는지 알아볼 수 있게 해 준다. 단순한 공부 습관을 넘어서 청소년들에게 꿈과 목표를 향한 삶의 교훈을 느끼게 하는 도서이다. 주로 다루고 있는 개념 중에 '미니 습관'이라 언급한 대목이 기억에 남는다. '미니 습관'이란 매우 작고 쉬운 행동으로 구성되어 있으며 일상적인 노력 없이도 지속적으로 수행할 수 있는 습관을 일컫는다. 작은 목표를 설정하고 이를 지속적으로 수행함으로써 습관을 형성하고 성공을 이끌어 낼 수 있다는 점이 특징이다. 습관을 형성하기 위해서는 이 책의 제목처럼 66일이 필요하다고 말하고 있는데 일정한 기간 동안 일관된 노력과 반복이 필요하다고 주장한다. 66일이라는 기간은 습관이 자동화되고 일상적인 행동으로 자리 잡을 수 있는 충분한 시간이라 말하고 있다. 습관 형성의 핵심 원리로는 작은 목표 설정하기, 일관된 반복, 동기 부여, 자기 관찰 피드백 등을 이야기하고 있다. 이러한 원리들을 이해하고 적용함으로써 습관 형성의 효과를 극대화할 수 있다고 말한다. 습관 변화의 과정에서 맞닥뜨릴 수 있는 장애물들과 이를 극복하는 방법도 다루고 있는데 이 책의 저자들은 실패와 귀찮음, 동기 상실, 스트레스 등의 문제를 언급하면서 각각의 상황에서 적용할 수 있는 해결책과 전략을 제시한다.

제인 워들 교수는 일반인들을 대상으로 같은 행동을 얼마나 반복해야 자동적으로 반사 행동을 하게 되는지 실험을 하게 되었는데 오차가 있지만 평균적으로 66일 정도의 기간이 필요한 것으로 밝혀졌다. 66일 동안 매일 훈련을 하면 그 뒤에는 동일한 상황만 주어지면 자동적인 반응을 보인다고 했다.

상위 1%의 뛰어난 성적을 보이는 학생들은 다른 학생들과 확연히 다른 다섯 가지 영역과 스물두 가지 하위 요소를 가지고 있다고 하였는데 그것은 다음과 같다.

1. 꿈과 목표의 설정: 목표 설정, 목표 관리.

2. 공부 습관의 관리: 시간 관리, 미디어 관리, 건강 관리, 역경 관리.

3. 공부 감성의 개발: 공부 의지도, 공부 희열도, 공부 미래 확신도, 시험 전 대응도, 시험 후 대응도.

4. 공부 지식의 축적: 이해 및 설명, 몰입도, 예습, 반복 학습, 시험 지식 철저도.

5. 공부 기술의 습득: 핵심 파악 능력, 취약 부분 해결력, 시험 기술, 노트 필기 기술, 발표 및 토론 기술, 글쓰기 능력.

습관이란 다른 사람을 모방할 수도 있지만 결국에 자신에게 맞는 습관을 찾아야 한다. 습관 형성과 습관의 개선은 익숙한 삶에 시비를 거는 형식으로 진행이 된다. 철저하게 자신을 객관적으로 바라보고 판단해야 하며 끊임없이 계획을 세우고 자신을 관찰하는 일이 우선시되어야 한다. 하루 24시간을 어떻게 보낼 것인지 설계하고 그 하루를 어떻게 보냈는지 체크해야 한다. 습관을 개선하고 성과를 만들기 위해서는 일정 시간과 노력이 반드시 투자되어야 한다. 한 가지 원리를 터득하면 이후에 다른 부분들이 서로 연계되어 함께 이해가 되는 것처럼 습관도 처음 개선되기 시작하면 이후의 과정은 처음보다 분명 순조로울 것이다.

내가 공부해 본 경험으로는 처음 공부를 시작할 때 전화,

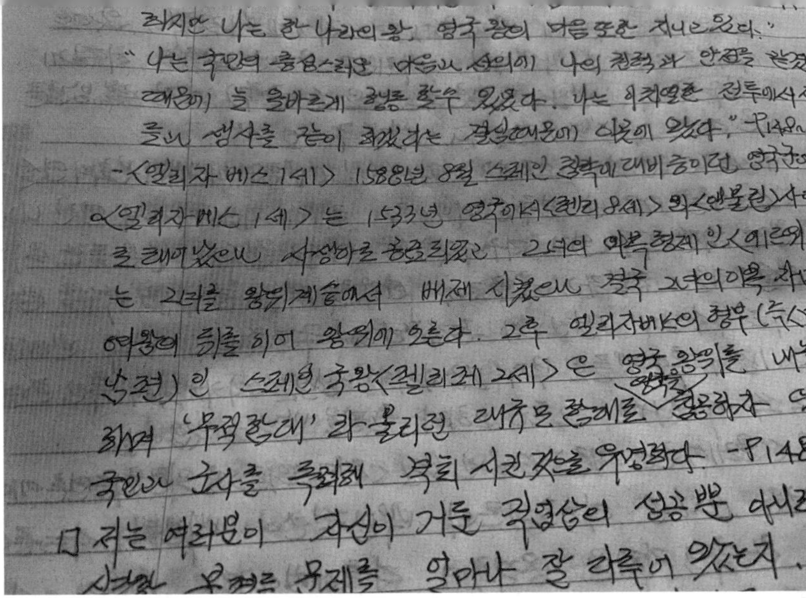

하지만 나는 한 나라의 왕, 영국 왕의 마음 또한 지니고 있다."
"나는 국민의 충성스러운 마음과 선의가 나의 권력과 안전을 보장했기
때문에 늘 올바르게 행동할 수 있었다. 나는 이처럼 전투에서
들과 생사를 같이 하겠다는 결심 때문에 이곳에 있다." -P148
-<엘리자베스 1세> 1588년 8월 스페인 침략에 대비 중이던 영국군에
<엘리자베스 1세>는 1533년 영국에서 <헨리 8세>와 <앤 불린> 사이
로 태어났으나 사생아로 몰리었고 그녀의 이복형제인 <에드워드>
는 그녀를 왕위계승에서 배제 시켰으나 결국 그녀의 이복 자
여왕의 뒤를 이어 왕위에 오른다. 그후 엘리자베스의 형부(즉
남편)인 스페인 국왕<펠리페 2세>은 영국 왕위를 내
하며 '무적함대'라 불리던 대규모 함대로 (영국을) 침공하자
국민과 군사를 독려해 격퇴 시킨 것으로 유명하다. -P148
□ 저는 여러분이 자신이 거둔 직업상의 성공뿐 아니라
사회와 우리의 문제를 얼마나 잘 다루어 왔는지.

TV, 저녁이나 술자리 모임 등을 정리하고 내 마음을 가다듬고 일상을 단순화하는 습관을 만드는 데 약 두 달(60일)이 걸렸다.

먼저 이것을 습관화시킨 후 다음 단계가 자투리 시간을 활용하는 방법인데 승용차 출퇴근을 없애고 통근 버스 맨 뒷좌석에서 책이나 오답 노트를 읽는 것이다. 통근 버스 출퇴근으로 하루 두 시간을 절약하고 1년 동안을 밤 한 시까지 공부하면 웬만한 시험은 합격한다. 그래서 나는 지금도 여행이나 볼일을 보기 위해 이동할 때면 열차를 주로 이용한다.

사랑하는 나의 아들딸들아! 너희들이 지금 쓰고 있는 시간에 낭비적 요소는 없는지 맑은 정신으로 들여다보라! "흘러간 시간은 다시 돌아오지 않는다." 이 말은 맞다!

마흔세 번째 노트

슬기로운 직장 생활

직장 생활에서 직장인들이 가장 어려워하는 문제로 소통과 동료와의 관계를 많이 꼽기도 한다. 업무가 많아 힘이 드는 것보다 사람 때문에 힘이 들어 퇴사와 이직을 고민하는 경우가 생각보다 많다는 것이다. 보편적인 소통의 기술이 잘 적용되지 않는 부분이 있는데 나는 그중에 하나가 직장 생활 내에서 하는 커뮤니케이션이라고 생각한다. 수직적인 조직 구조에서 수평적 커뮤니케이션을 할 수는 없기 때문이다. 최근 분위기가 많이 변하고 있다고는 하지만 그것은 정말 소수의 조직에 해당하는 일일 것이다. 사람이 자신의 생각을 표현하는 능력이 70%이고 그것을 상대가 이해하는 능력이 70%라고 한다. 결과적으로 상대에게 나의 생각이 전달되는 것은 49%로 절반도 되지 않는 수치이다. 그만큼 자신의 생각을 전달하는 것은 어려운 일인데 편안하게 이야기하기 힘든 직장에서의 커뮤니케이션은 전달률이 49%보다 훨씬 낮은 수치일 것이 생각된다. 『이끌든지 따르든지 비키든지』 이 책의 저자는 직장에서 이루어지는 커뮤니케이션 기술을 집중적으로 다루고 있다. 직장 상사를 다루는 법부터 시작하여 조직 내에서 살아남기 위해 어떤 언변과 마인드를 갖추어야 하는지 이야기한다. 의미 없이 고개만 숙이는 형식으로는 조직에서 롱런할 수 없다. 아무리 수직적 관계로 이루어진 조직이라 할지라도 서로가 서로를 적절히 이용할 줄 알아야 체계적으로 업무 수행이 가능하다. 세상은 자기를 위해 위험을 무릅쓴 사람에게 보답을 해 준다고 하는데 우선 상대를 최고로 대하는 자세가 필요하다. 상대를 최고로 대하면 나 자신도 최고가 될 수 있기 때문이다. 노자는 "남을 아는 사람은 똑똑하지만 자기를 아는 사람은 밝다."고 하였다. 세상에 영원한 상사도 없고 나와 같은 상사도 없다. 나에게 맞는 상사를 만날 확률은 0%에 가깝기 때문에 관계에 대한 기대는 버리는 것이 좋다. 대부분 상사가 존경할 만한 인물은 아닐 것이지만 직장 생활을 하다 보면 한 번은 만나게 될 것이라 생각한다. 그런 상사라면 후배의 '격'을 올려 줄 줄 아는 사람일 것이다. 잘못된 것을 인정하는 것은 누군가에게 지는 것이 아니라 멋지게 이기는 법이라고 한다. 성공과 실패에도 가치가 있는 법이므로 잘잘못에 연연하지 않은 사람이 되길 바라며 그런 상사를 만나길 바랄 뿐이다.

10년 전쯤 직장인들 대상으로 한 설문 조사에서 회사에 롤 모델 같은 선배나 상사가 있다면 어떤 인물인가?를 물은 적이 있는데 1위는 일을 잘하는 사람, 2위는 공감할 줄 아는 사람, 3위는 책임감이 있는 사람이라는 결과가 나왔다. 설문 조사의 결과로 알 수 있는 것은 직장에서는 인간적인 사람이 존경받을 것 같지만 사람만 좋아서는 안 된다는 것을 알 수 있다. 후배에게 좋은 멘토가 되고 싶거나 회사에서 영향력 있는 사람이 되고 싶으면 그들이 발견할 수 있는 가치를 일러 주어야 한다. 역도 선수는 스스로 무겁다고 생각하는 순간 그 어떤 것도 들어 올릴 수 없다. 들어 올릴 가치가 있는 것이라면 그것의 무게는 더 이상 큰 문제가 되지 않는다. 일을 많이 시키지 말고 제대로 시킬 줄 아는 사람이 되어야 한다는 것이다.

조직에서 리더십은 필수적으로 갖추어야 할 소양이다. 이것은 조직의 목표를 이루기 위해 가장 효과적으로 발휘되어야 하는 부분이다. 작은 프로젝트라 할지라도 리더는 팀을 이끌고 구성원들을 동기 부여하고 이끌어야 한다. 구성원들을 이끌기 위해서는 목표 설정, 비전 제시, 방향 제시, 역할 분담 등 다양한 측면을 설정해 주는 것이 꼭 필요하다. 이런 과정이 확실히 설정이 된다면 구성원들 간의 신뢰와 협력 능력이 높아져 효율적인 업무 진행이 가능할 것이다.

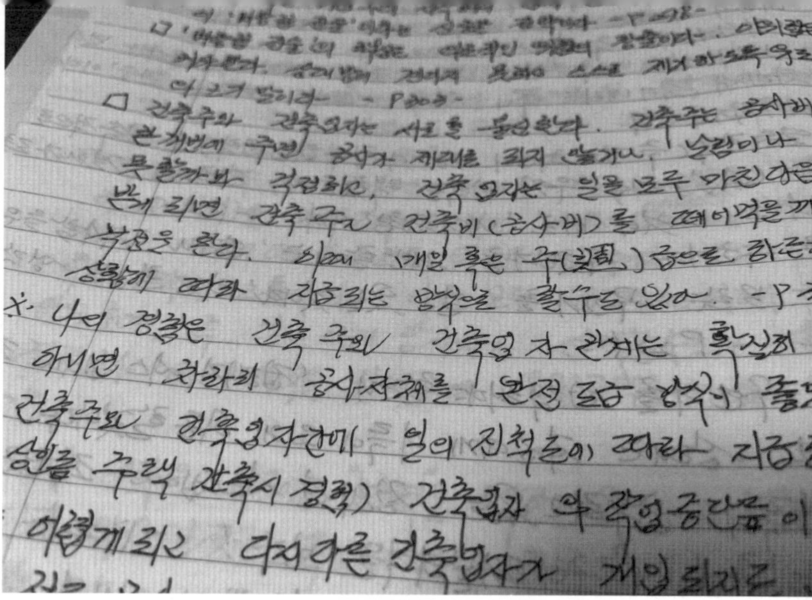

이처럼 조직에서는 위치와 관계에 따라 적용되는 커뮤니케이션 기술이 다르고 리더십을 포함한 다양한 능력이 요구된다. 괴테는 빛이 강하면 그림자도 짙다고 하였다. 강한 빛이 되든 진한 그림자가 되든 결과적으로 우리는 관계 속에서 상호 작용하며 발전하는 존재이다. 어려움이 닥쳐도 풀어낼 수 있는 능력을 발전시키면 좋겠다. 마지막으로 나쁜 감정을 밥상머리로 옮기지 않았으면 좋겠다. 위로받는 것과 집에서 인상을 쓰는 것은 다른 문제이다. 가족에게 또 다른 스트레스를 줄 필요는 없다. 이것은 나의 경험이기도 하다. 직장에서의 일이나 기분을 집에까지 가지고 와서는 안 된다. 그로인해 가족에게까지 걱정과 불쾌감을 주게 되기 때문이다.

직장의 상사나 동료를 나에게 맞추려 든다면 당신은 직장 생활을 할 수 없다고 보면 된다. 그런 사회는 이 지구상에는 없다. 당신은 모든 사람에게 친하고 마음이 맞는 사람인가? 당신 자신도 못 하면서 남이 나와 같기를 바란다면 그것은 무엇인가를 착각하고 있는 것이다. 그리고 웬만한 직장은 1년이면 주변 상사와 동료는 바뀐다. 지나고 보면 모두 한순간이고 한 부분이다.

마흔네 번째 노트

흥망성쇠

『제국의 상점』 이 도서는 청나라 시기를 다루고 있는 역사서이다. 청나라가 서양과의 무역을 허가한 13개 상점의 역사를 다루고 있다. 서로에 대해 잘 모르던 두 세계가 한 공간에서 만나 서로의 세계관을 파악하고 충돌하는 과정을 그리고 있다. 이 도서를 통해 청나라 시대의 상점과 상업 문화, 경제적인 변화, 사회적인 풍경 등을 알 수 있었다. 리궈룽의 연구와 조사를 토대로 쓰인 이 책은 청나라 시대의 상점과 상인들의 역할, 상업 활동의 변천 과정, 상점 경영의 전략 등을 상세하게 서술하고 있다. 중국의 고대와 중세 시대의 경제와 상업을 이해하기에 좋았으며 청나라의 중화주의와 서양의 중상주의가 만나 동상이몽을 꿈꾸는 부분이 상당히 흥미로웠지만 한쪽은 맛있는 차를 제공하는 반면 한쪽은 몸과 영혼을 갉아먹는 아편을 제공하고 있었으니 만남은 파국으로 치닫고 제국의 상점들도 사라지게 되는 역사적 과정이 안타깝기도 하였다.

당시의 상황을 살펴보면 1763년 영국과 프랑스의 전쟁에서 영국이 승리하자 동방 무역을 독점한 영국의 동인도무역회사는 무력까지 갖추게 되었다. 이후 영국의 상인들은 특별한 상품을 찾아냈는데 그것은 바로 서양에서 가져온 것이 아닌 식민지였던 인도에서 생산한 아편이었다. 1732년 두 척의 영국 선박이 소량의 아편을 가지고 청나라의 광주에 왔다가 뜻밖의 많은 이익을 얻고 돌아갔는데 그것이 동인도회사의 첫 번째 아편 무역이었다. 영국은 아편 수출로 중국의 백은을 흡수하여 중국 무역수지를 역전시켰고, 중국 사람들은 아편에 중독되면서 백은수출과 관리들의 부패, 군기는 저하되면서 아편이 악성 종양처럼 번지게 된 것이다.

18세기 후반부터 영국 동인도회사는 중국과의 무역을 증진시키기 위해 아편을 중국에 수출하기 시작했다. 아편은 중국에서 큰 인기를 끌며 수요가 높아지고 이로 인해 영국 동인도회사는 중국에 대한 영향력을 증대시키기 위해 아편 무역을 확대하기 시작한 것이다.

아편 무역은 중국 사회에 부작용을 초래했다. 아편 중독은 중국의 사회 문제로 야기되었으며 중국 정부는 이에 대한 대응 조

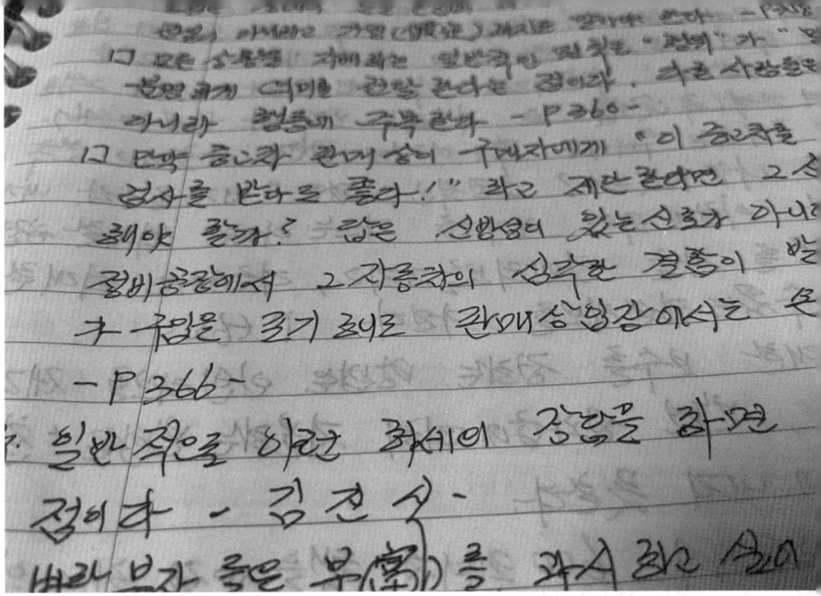

치를 취하려고 했다. 중국은 아편을 금지하고 아편 거래를 규제하기 위한 정책을 시행했지만 영국 동인도회사와 다른 유럽 국가들은 이를 무시하고 아편을 계속해서 중국에 수출하였다.

이러한 상황은 영국과 중국 사이의 갈등을 촉발시키며 19세기 초반에 오판전이 발생하게 된다. 오판전은 영국과 중국 간의 무역 및 영향력 경쟁을 격화시켰으며 영국은 중국을 열강의 영향에서 벗어나게 하고 중국 시장을 제어하려는 목표를 가지고 전쟁을 벌였다.

1839년에는 오판전이 시작되었고 이를 계기로 영국 동인도회사는 중국을 침공하고 중국의 주요 항구들을 점령하였다. 영국은 중국과의 조약을 강요하며 영국의 무역 이익을 확보하고 중국을 영향력 아래에 두게 된다. 이후에도 영국은 중국에 대한 영향력을 유지하며 무역을 지배하는 데 성공한다.

이와 같이 1732년에 영국 동인도회사가 청나라에 첫 번째 아편 무역을 시작한 이후에는 아편 무역과 관련된 갈등과 영국의 중국 영향력 확장을 위한 전쟁이 일어났다. 이러한 사건들은 중국의 역사와 영국의 중국 무역 정책에 큰 영향을 미쳤으며 이후 중국과 영국 간의 관계와 무역 패턴에 지속적인 변화를 가져다준 계기가 된 것이다.

이 시기를 거치며 청나라의 운은 저물기 시작한다. 서구 국가들의 침략과 오판전으로 인해 국력은 약화되었고 내부에서는 사회적인 불안정과 정치적인 부패가 심화되었다. 1860년에 발생한 알페스의 최후 항전을 비롯하여 청나라는 서구 국가들과의 전쟁에서 패배를 연속적으로 겪었다. 이러한 전쟁으로 인해 청나라는 국토의 일부를 상실했고 외국인들의 영향력이 점점 커지면서 국가의 주권이 약화되어 갔다. 동시에 청나라 내부에서는 정치적인 부패와 사회적인 불만이 증가하였다. 사회적인 계층 간의 격차가 심해지고 청나라의 체제와 통치 방식에 대한 비판이 높아졌다. 이러한 내부 동요와 외부 압력은 청나라의 권위와 안정을 약화시키는 결과를 가져오게 되고 결국에 멸망하게 된 것이다.

수천 년의 역사를 자랑하는 중국이 멸망하는 데는 왕실의 사치와 관료의 부패 그리고 국민의 향락이 원인인 것이다. 한 국가는 물론 한 가문 역사 또한 마찬가지일 것이다. 검소함과 부지런함을 잃은 가문이나 민족은 멸망뿐임을 다시 한 번 생각하게 해 준다.

오늘은 지금까지 읽은 책 317권의 기록을 모두 컴퓨터 워드에 옮겨 저장하는 일을 마쳤다.

1년을 쉬지 않고 걸어왔더니 마침내 목표 지점에 도착한 것이다.

준마는 하루에 천 리를 간다고 자랑한단다. 그러나 조랑말도 쉬지 않고 걸으면 천 리를 갈 수 있다.

이것이 놀고 있는 준마보다 꾸준히 걷고 있는 조랑말로부터 배워야 할 점이 있는 이유다.

그동안 수고했습니다.

이제부터는 그날 읽은 것을 그날그날 바로 정리하면 되기 때문에 독서의 진도도 조금 늘고 수월할 것이다.

2015년 1월 10일
김진식

아빠의 노트

초판 1쇄 발행 2024년 2월 29일

지은이 김진식
엮은이 김미란
펴낸이 이계섭

책임편집 박찬세
디자인 이라희

펴낸곳 (주)백조
주소 경기도 화성시 남여울3길 19 201호
출판등록 2020년 8월 14일
전화 031-8015-0705
팩스 031-8015-0704
E-mail baekjo1120@naver.com

ISBN 979-11-91948-18-9(03810)
값 15,000원